L'Interne

Tome 4 :
Quatrième année

Emily Chain

L'INTERNE

Tome 4 :

QUATRIÈME ANNÉE

Emily Chain

www.soromance.com

Partie 1

« *Un être vous manque et tout est dépeuplé.* » — *Alphonse de Lamartine*

Chapitre 1

Dean

Mercredi, 19 °C — fortes précipitations sur le littoral.

Je fixe la pluie qui s'abat sur les vitres devant moi et je frissonne. Dès que je vois des gouttelettes d'eau sur du verre, je la revois. Elle marche dans la nuit, sous un torrent de pluie d'une démarche sereine.

Plusieurs fois, dans mon souvenir, elle se retourne vers moi pour m'offrir un sourire confiant.

Elle voulait me prouver qu'elle était forte. Peut-être même se le dire à elle-même. La mâchoire serrée, je n'ai pas pu la retenir contre son gré dans l'habitacle de ma voiture même si je le souhaitais au plus profond de moi. Tara m'a appelé tandis que Julia s'avançait vers chez elle, à l'encontre de mon conseil. J'avais décroché sans la lâcher des yeux.

— Quoi ?

— Tu es avec Julia ? Tout va bien ? Je n'ai pas eu de nouvelles et…

Des bruits de verres qui tintent m'empêchaient de bien entendre sa voix.

— Où es-tu ?

— À… Milan.

Son ton avait tout de suite changé et la part en moi d'ami proche avait tout de suite décelé qu'il y avait un souci.

— Qu'est-ce qu'il se passe ? Tout va bien avec ton frenchie ?

— On va dire que je ne suis pas une top-modèle et que j'aurais dû m'attendre à...

Sa phrase avait été coupée sûrement à cause de la pluie abondante et la tempête qui se levait de mon côté.

— Tara ?

— ... dimanche et je crois que je vais... mais tu sais ce n'est pas si... pensé à toi et.... nouvelles de Julia.

Son discours n'avait aucun sens pour moi et la conversation s'était arrêtée ici. Depuis, j'ai reçu quelques messages que j'ai ignorés pour la plupart, ne sachant pas quoi lui dire.

Quand j'avais raccroché, la silhouette de Julia n'était qu'un souvenir. L'appartement était allumé devant moi et j'avais hésité à rester planté là toute la nuit. Sauf que Julia avait été très claire.

— Tu t'en vas. Je n'ai pas envie que James pense que mes paroles viennent de toi. On se retrouve demain à l'hôpital.

Je ne sais pas pourquoi, mais j'ai obéi à cet instant. J'ai mis le contact et j'ai démarré.

— J'espère que tu sais ce que tu fais, avais-je soufflé en quittant des yeux l'immeuble pour m'insérer dans la circulation.

Sauf que l'avenir lui a donné tort. Elle pensait être plus intelligente et prête que cette satanée réalité. Et en fin de compte, j'ai aussi cru qu'on pourrait arranger les choses simplement. Est-ce une erreur de ma part ? Oui. Une terrible même. Mon amour pour elle m'a poussé à l'écouter.

Parfois mon esprit rejoue la scène autrement pour avoir encore un fragment de souvenir d'elle. Dans ces moments-là, je suis impuissant et idiot, à la regarder se retourner vers la voiture pour me faire signe que je peux partir. À chaque fois, j'acquiesce et mets le contact.

La nuit dernière, la fin de mon cauchemar a été différente des dizaines d'autres. Au lieu de rouler sans but et de m'exploser contre un mur sans douleur, m'entraînant dans un néant aussi insupportable que la douleur qui m'habite depuis quelques semaines, je ne suis pas parti tout de suite. J'ai voulu la regarder rentrer dans son loft. Observer avec minutie l'endroit où elle disparaissait de mon champ de vision. Comme si j'avais besoin d'être sûr à cent pour cent qu'elle y avait mis les pieds. C'était vital pour moi et c'est ce qui me tue à petit feu aujourd'hui.

Je ne l'ai pas vue. Je n'ai pas la certitude qu'elle soit entrée dans ce bâtiment. Le coup de téléphone de Tara m'a empêché de m'en assurer.

Je n'ai aucune certitude, que des suppositions. Avait-elle déjà des problèmes avant que je ne mette le compteur en marche, que j'avance sur la chaussée ou dépasse le bâtiment ?

Je tremble. Ces possibilités me broient l'estomac. Je n'arrive pas à m'enlever cette culpabilité omniprésente des dernières semaines.

Vingt-sept jours sans nouvelles.

Si la position haut placée de James a réussi à faire avaler des couleuvres à tout le monde sur son absence, je sais très bien qu'elle a disparu dès ce soir-là. Comment ? Où et pourquoi ? Je n'en ai aucune idée.

A-t-elle eu le temps de lui avouer qu'elle savait tout ? Je ne peux pas répondre.

Face à l'eau qui abonde sur les rebords de la fenêtre de la salle de repos, j'essaie de m'imaginer où elle peut bien être. Quelque part dans le froid ou est-elle non loin ?

La possibilité de la revoir est-elle envisageable ? Je ne veux pas me résoudre à croire que cela n'est pas possible, néanmoins, il est inévitable de le penser.

Vingt-sept jours que je ne dors quasiment plus. Personne ne s'inquiète et je n'ai pas réussi à me résoudre à appeler la mère de Julia qui doit recevoir des nouvelles trafiquées de la part de son gendre. À quoi bon lui avouer que sa fille a disparu si je n'en sais pas plus.

L'estomac tordu par l'angoisse de cette nouvelle réalité, je m'avance vers un petit lavabo pour poser de l'eau sur mon front humide de sueur. J'ai pris une douche il y a combien de temps ? Quand ai-je dormi pour la dernière fois ? Suis-je en état de travailler ?

Oui. Cette dernière réponse est une évidence. Si je ne suis pas à l'hôpital, je tourne comme un lion en cage et cela est impensable. Je ne peux plus fixer mon plafond en hurlant que je suis responsable de cette situation. Et taper contre un sac de boxe n'est pas non plus une réaction utile.

Au lieu de ça, j'essaie de faire comme tout le monde. J'ignore la disparition de Julia de la façon la plus plausible.

S'il n'y avait pas Harold ici, les choses seraient plus simples. Sauf que mon ami s'est attaché à Julia et souhaite en savoir plus. Il a essayé de la contacter et j'ai dû lui inventer le pire, une dispute entre nous d'une violence inouïe qui l'a décidée à ne plus venir dans cet hôpital. Ce mensonge pourrait me coûter très cher si son corps était retrouvé et que James voulait m'imputer son crime, sauf que je n'avais plus la force de l'entendre me questionner sur elle. Depuis que j'ai raconté ça, il a stoppé ses questions et je crois que, secrètement, il me maudit. Il préférerait sans doute que je sois parti à sa place et moi aussi. Si j'avais pu prendre sa place ce soir-là, quoiqu'il ait pu lui arriver, je l'aurais fait.

Cependant, c'est impossible.

Je l'ai laissée y aller seule et tant qu'elle n'est pas dans mes bras, la culpabilité va me ronger. C'est évident et je l'ai accepté.

Je revois son dernier sourire courageux en sortant de l'habitacle de mon 4x4. Il pleuvait des cordes, mais elle n'en avait rien à faire. Elle a plongé ses yeux dans les miens et j'espère les voir à travers le reflet de la vitre aujourd'hui, en vain.

La nausée me gagne en m'infligeant l'image de cette eau intarissable contre le carreau. Elle me rappelle que les jours passent mais ne sont pas si différents de ce soir-là. Le mécanisme doit se répéter quelque part. Les yeux de Julia doivent fixer, comme moi, des gouttes d'eau tomber sur une vitre. C'est tout du moins ce que j'espère au plus profond de moi.

Je soupire. J'ai encore du temps avant ma garde. J'ai plusieurs heures devant moi, un sac déjà fait et l'esprit toujours fixé sur un seul objectif : elle.

Quand j'ouvre les yeux, je quitte mes rêves où elle s'y trouve pour la retrouver dans mes pensées. Pas une seule minute ne passe sans que Julia ne m'obsède.

— Arrête de ne voir qu'elle partout, a murmuré Sy.

D'habitude, il ne donne jamais de conseil. Il se contente d'observer et d'écouter. Ainsi, quand il m'a dit ça, lundi dernier en plein entraînement, j'ai eu du mal à retenir mon étonnement. Les autres aussi d'ailleurs. Nous l'avons tous fixé, et au lieu de s'expliquer, il s'est mis à m'attaquer de plus belle. Ses coups ont été puissants et j'ai terminé très vite au tapis.

— Tu vois ça, a-t-il lâché, il y a quelques semaines tu n'aurais jamais été par terre. Ma bouche serait collée contre les tapis pour t'avoir parlé comme ça. Tu deviens mou, lent… gentil.

Il avait dit ça comme si c'était un défaut. Les autres avaient grimacé avant que je ne le toise.

— Si tu as peur que je lui fasse des cadeaux, tu te trompes. Le jour où je serai devant lui, il le regrettera amèrement.

— Je n'ai pas peur que tu retiennes tes coups, a-t-il dit. Ce qui m'inquiète, c'est que tu ne penses qu'à elle. Toutes les nuits sont réservées à la salle ou à tes gardes. La journée, tu enquêtes, tu travailles ou tu t'entraînes. Plus une seule seconde n'est allouée à autre chose.

— Tu crois que ça m'amuse de devoir attendre je ne sais quoi ? Que j'aime avoir que ces activités chaque jour ?

J'avais été froid pour lui faire comprendre que ce n'était pas une partie de plaisir pour moi. Que ce n'était pas volontaire d'être une loque. Sauf que j'ai beau essayer de me sortir de cette torpeur, je n'y arrive pas.

— On pourrait y aller tout de suite, histoire d'arrêter de se retrouver ici sans rien faire, à chuchoter…

Son impatience avait juste créé un haussement de sourcils de la part de tout le monde. Mark avait remis les choses dans leur contexte, nous demandant de reprendre un peu notre calme et le tour était joué. Nous étions revenus dans le rang.

Cependant, je commence à être comme Sy. Je suis à cran et j'ai besoin d'avancer.

Je n'ai pas l'impression de respirer. Les heures s'enchaînent et se ressemblent à l'identique. Enfin presque.

Je ne sais pas si je vais avoir encore cette drôle de surprise dans mon casier, mais cela devient récurrent. Un ange gardien ou une mauvaise blague, je n'en ai aucune idée. Mais cela me permet de penser à autre chose pendant un instant.

Je sais que je devrais en parler à quelqu'un. Les gars trouveraient sûrement cela suspect, mais j'ai préféré garder le silence jusqu'à avoir une petite explication, même infime.

Aujourd'hui est un jour identique aux dizaines d'autres qui m'obligent à faire semblant. Je me redresse et rejoins mon vestiaire pour commencer ma garde plus tôt que prévu. Une voix fluette me fait sursauter à peine ai-je posé la main sur mon casier.

— Tu es déjà là, Dean ?

Je regarde Lucy me fixer et je souris. Elle vient juste d'avoir son diplôme. Elle débarque dans la cour des grands et cela me fait quelque chose.

À cette époque de l'année, je devrais tout savoir des petits jeunes devant moi. Cependant, je n'ai pas la moindre idée de qui ils sont. Impossible de choisir les meilleurs éléments pour une opération ou déléguer mes heures de visite à la personne idéale. J'ai comme déconnecté de ce qui faisait de moi le meilleur. J'ai laissé mes sentiments prendre le dessus.

Allie, une de mes anciennes internes, devrait être à sa place et, sans hésiter, me hurlerait dessus de la décevoir en oubliant l'important, les patients.

Avant Julia, j'étais celui qu'on rêvait d'avoir comme supérieur. Les internes souhaitaient me voir sauver des vies sans respecter la hiérarchie, m'observer diagnostiquer l'impensable et me suivre en opération avec un sourire jusqu'aux oreilles…

Au lieu de ça, j'ai une équipe que je ne connais pas et une attention amoindrie de mon côté. Des jeunes trop motivés et des erreurs de débutants qui s'enchaînent.

Parce qu'être une petite main, c'est bien plus simple que d'assumer soi-même ses choix médicaux une fois titulaire. Ils agissent avant de réfléchir et je vais devoir leur apprendre que chaque décision revêt une conséquence.

— Je préfère faire un tour sans obligation avant ma garde, oui, dis-je.

Elle acquiesce même si elle n'a pas l'air de bien comprendre à quel point s'imprégner du lieu avant de tomber dans la cohue des choses à faire est importante.

J'ai toujours aimé être dans l'hôpital sans être de garde. Juste pour constater ce que je n'ai pas le temps de voir à cause de l'urgence habituelle.

Quand j'ouvre le casier, je pense forcément à ce que je vais potentiellement trouver. D'ailleurs, je me surprends à vouloir y voir quelque chose. Pourtant, c'est malsain et mauvais d'avoir un admirateur secret qui me laisse des morceaux de lettres. Je n'ai encore pas compris la moitié de ces dernières. Elles sont toujours arrachées de façon à ce que je ne comprenne que des petits fragments d'histoires qui ne se suivent pas.

Cependant, quand ma main se pose sur le papier jauni, je sens que celle-ci n'est pas comme les autres. En effet, trois pages arrachées d'un cahier m'attendent. Leur contenu est intact.

Fébrile, je survole les premières lignes. Je suis happé par l'écriture et je n'arrive pas à relever les yeux. L'écriture est fluide et percutante. J'ai l'impression d'être aspiré dans l'histoire de cette inconnue. Car oui, aujourd'hui j'en ai la certitude, il s'agit d'une femme. Mais qui est-ce ?

Une infirmière ayant besoin d'un confident ? Une patiente ? Une aide-soignante ? Une médecin ? Qui pourrait avoir accès aussi aisément à mon casier pour y glisser de telles lettres ?

Les questions se posent dans un coin de ma tête tandis que je lis les mots qui coulent sur le papier. L'encre noire est parfois effacée sous des bulles de larmes. Je l'imagine pleurer en s'ouvrant de la sorte à un cahier, une plume dans la main.

Était-elle au courant que ces mots termineraient dans mon casier ? Suis-je en train de vivre un canular ?

Je n'ai aucune réponse et je m'en fiche.

Chapitre 2

Julia

La première chose que je fais chaque matin depuis un moment, c'est de faire un bilan de ce que je sais. Les odeurs, l'analyse de ce que je vois, mes souvenirs, l'état de mon corps et mes pensées. C'est devenu un rituel pour ne pas perdre pied.

L'odeur est ce qui est le plus percutant. Mon nez se replie chaque matin à cause de la forte odeur de détergent. Mousse blanche, javel et ce produit miracle que ma mère adore tellement.

— Si tu veux avoir la meilleure moquette possible, utilise ça !

Elle exhibait fièrement son bidon de produits nocifs pour toutes créatures vivantes sans se rendre compte à quel point c'était dangereux.

Même si je n'ai jamais utilisé un tel produit, je l'ai senti à de nombreuses reprises, notamment dans la tour du cabinet d'avocat de James. Je sais maintenant où il se procure de tels produits.

Pour les autres odeurs, je ne pourrais dire puisque mon nez semble brûlé par l'acidité des nettoyants.

Deuxième étape : décrire mon environnement. Cela est assez facile.

Étant donné que cela fait des semaines que je suis ici, je commence à connaître par cœur chaque millimètre de cette pièce. Je pourrais presque dire « chambre » sans le côté charmant et agréable. Dans mon esprit, je garde en tête qu'il ne s'agit ni plus ni moins d'une cellule. Dans cette prison dorée, il y a de nombreux éléments. D'un côté, un mur immonde orangé, taché d'ombre brunâtre que j'imagine être du sang séché, mais je n'en ai pas la certitude. Les autres murs sont unis d'un blanc crème vieillot. L'ameublement détonne de l'état global de la pièce. Chaque élément semble avoir été choisi avec goût et je reste encore étonnée de la façon dont les meubles sont assortis les uns aux autres. On dirait qu'on a pensé pendant des heures cette chambre avec amour et bienveillance. Sauf que son utilisation est bien loin de tout cela.

J'essaie de ne pas me détourner de mon but en me remettant à lister les éléments de la pièce. Faire cela chaque jour m'aide à ancrer des faits dans mon esprit, mais aussi à savoir si quelque chose a bougé.

Au fond de la pièce, il y a une sorte de lit d'enfant. Je n'ai pas pu aller voir, mais de loin, avec les petits barreaux que j'aperçois, c'est à cela que ça me fait penser. La lumière n'est pas géniale et plusieurs parties de la pièce sont plongées dans un semblant de noir.

Juste à côté de moi, il y a un lit double. Avec des renforts sur les côtés. Peut-être qu'au départ, ils avaient pensé m'attacher dessus au lieu de me laisser bêtement par terre comme une bête.

Il me fait souvent envie et je regrette de ne pas pouvoir m'y étaler. La literie a l'air impeccable et toute neuve. Il y a une couverture avec des points blancs dessus et la couleur de fond paraît un petit peu jaune. Mais je ne sais pas si c'est à cause de la lampe teintée qui est tout le temps allumée.

Sur ma droite, il y a une petite coiffeuse où j'ai aperçu une brosse il y a quelques jours. Mais elle a disparu, comme tout le reste ; des choses viennent et partent dans cette pièce durant mon sommeil. En face de moi, par terre, j'ai trois coussins.

L'un est bleu, l'autre violet et le troisième je le dirais marron ou noir ; je n'arrive pas à bien distinguer. Ils servent surtout quand l'inconnue vient. Elle s'assoit dessus et m'observe. Tout du moins, c'est ce qu'elle fait quand je suis réveillée. Parce que je l'ai déjà surprise plusieurs fois assise face à la coiffeuse, se regardant dans un miroir, pensant que je dormais encore. Un jour, elle était au-dessus du berceau et j'ai cru qu'elle sanglotait. Puis la réalité est revenue et elle s'est retournée avec un visage si froid et condescendant que j'ai compris qu'une personne comme elle ne devait pas être capable de pleurer.

Plusieurs fois j'ai eu peur de m'endormir, imaginant que cette femme pourrait me faire du mal dans mon sommeil. Mais le corps humain ne peut pas tenir indéfiniment sans dormir. Les premiers temps, je tombais de sommeil, ma tête littéralement écrasée contre mes genoux et je perdais connaissance. Quand je me réveillais, j'étais complètement désorientée. Je tirais sur mes chaînes, découvrais souvent que je n'étais pas seule et gardais alors le silence.

En effet, l'inconnue est souvent là quand je me réveille. On dirait qu'elle programme mon sommeil et c'est angoissant.

Je n'ai jamais voulu jouer son jeu. Elle me parle, essaie de faire la conversation comme si nous étions de vieilles amies, sans avoir le moindre remords dans sa voix. C'est comme si elle vivait très bien le fait de me savoir prisonnière de James. Parce qu'il n'y a aucun doute, cette femme sait. Si j'étais encore dans une chambre, sans qu'elle ait le droit de m'adresser la parole et sans que je porte des attaches, je pourrais lui laisser le bénéfice du doute. Mais une femme attachée dans une pièce, c'est suspect. Il est impensable qu'elle ne sache pas que je suis ici contre ma volonté. Mais ça n'a pas l'air de la déranger.

Au tout début, j'ai cru qu'elle avait peur. Ensuite, au troisième jour il me semble, j'ai ouvert les yeux face à elle. Dans la prunelle de son œil droit, je me souviens avoir aperçu quelque chose d'effrayant. Elle a essayé de dissimuler ce manque de bienveillance, mais cela n'a pas suffi. Ses efforts n'ont pas été suffisants. J'ai l'impression qu'une partie d'elle m'en voulait. Je n'ai jamais réussi à replacer la raison de cette colère que je lis au fond d'elle, presque une haine. Peut-être qu'avant moi elle était dans cette pièce attachée et que maintenant elle est obligée de faire autre chose. C'est une supposition parmi toutes les autres. Je n'ai que ça à faire de mes journées : penser et imaginer toutes sortes de scénarios possibles. James envahit également très souvent mon esprit, quelquefois ma mère ou Tara. Le plus dur, c'est quand je pense à mon avenir. Je sais que je ne devrais pas essayer d'imaginer ce genre de choses dans mon état. Je tente de me faire violence et de ne voir qu'au jour le jour. Cependant, la seule visite que je reçois est cette femme. Mon esprit tourne donc très rapidement en rond. Je n'ai aucun élément extérieur ni même des informations. Tout bêtement, si j'avais le journal, je pourrais savoir le jour… J'aurais des faits divers à lire, à imaginer, à penser, à méditer. Sauf que là, je n'ai rien. Aucune nouvelle de ma famille, de mes proches, ni même du monde extérieur. J'essaie de retenir à peu près les jours qui passent en voyant la nuit venir sur le puits de lumière juste au-dessus de moi. Je sais que depuis je me suis levée dans cette chambre il y a eu douze jours de pluie, sept un peu couverts et plus d'une dizaine d'ensoleillés.

Le problème, c'est que tout ce que je sais, je ne peux le certifier. J'ai remarqué que le manque de sommeil commence à me faire douter de certaines choses. Je ne sais plus si je me suis réveillée le jour même ou si cela date d'il y a beaucoup plus d'heures. Je n'arrive plus à me souvenir si j'ai vu cette inconnue aujourd'hui ou si cela remonte à deux ou trois jours. Mais n'ayant plus aucun repère spatio-temporel, à part ce puits de lumière, je ne sais plus. J'ai peur de m'endormir et de perdre le fil d'une journée. La nourriture qu'il me donne est tout juste suffisante pour me permettre de survivre. Je sens que mon corps commence à avoir des carences.

Combien de temps vais-je pouvoir tenir dans cet état ? C'est la grande question que je me pose.

Alors depuis hier soir, j'essaie de me recréer les rêves que je faisais. Ceux dans lesquels Dean était mon mari. Sauf que la fatigue les rend un peu plus noirs que la dernière fois. Ils sont moins lumineux et fluides. Je me perds souvent dans des détails inutiles et me réveille angoissée.

Néanmoins, le simple fait de vivre avec mon beau médecin dans mes rêves m'aide à tenir le coup. Je l'imagine dehors, en train de soulever des montagnes pour me retrouver. Parfois, sous un coup d'angoisse, je le vois également se faire attraper par les hommes de James. Peut-être qu'avant même que je rentre de ce fourgon, il avait des soucis. C'est ce qui m'angoisse le plus, je crois.

J'ai tellement peur d'apprendre que pour lui aussi, c'est fini. Que nos deux destins sont liés, mais pas de la manière que je l'espérais.

Ce matin en me réveillant, j'ai également pensé à Tara.

Elle est à Paris avec son beau Français et ne doit absolument pas se préoccuper de moi. Je l'imagine complètement épanouie, dans de jolies robes visitant l'une des plus belles villes de cette planète. Je suis heureuse de me dire que le monde continue à tourner sans moi. Je n'ai jamais été du genre mégalo, à penser être indispensable à tout le monde. Je veux le bonheur des personnes que j'aime. Mais je doute que Dean soit en train de vivre une vie parfaitement paisible dans son coin. Il doit s'inquiéter, se morfondre et peut-être même désespérer de ne pas m'avoir forcée à l'écouter.

— Je ne sais pas où tu es, mais j'espère que tu vas bien.

Mon murmure accompagne la fermeture de mes paupières une nouvelle fois trop lourdes pour continuer cette journée.

Chapitre 3

Dean

Je viens de terminer mon petit tour du service avant de prendre la relève. N'étant pas complètement en tenue, personne ne m'a dérangé et j'ai pu me renseigner sur mes patients sans trop de problèmes.

Néanmoins, quand j'approche d'une femme très jeune, je réalise que ma chance de débuter une journée paisible vient de s'arrêter net.

— Est-ce que vous allez bien ?

J'observe cette infirmière, que je ne connais ni d'Ève ni d'Adam me demander une chose aussi intime que la façon dont je me porte.

— Qu'est-ce que cela peut vous faire ?

— Sachez que nous ne sommes pas simplement les petites mains de Messieurs les médecins. Nous voyons, entendons et observons les autres. Et excusez-moi de vous le dire, mais vous êtes devenu un fantôme qui déambule dans les couloirs de cet hôpital. Ce n'est absolument pas rassurant pour le personnel soignant ou les patients.

— Ah oui ?

Je fais bien attention que nous soyons seuls dans ce couloir pour lui répondre avec toute la franchise et le peu d'amabilité dont je suis capable en ce moment.

— Je suis vraiment désolé de déranger vos petites habitudes ou de ne pas avoir un sourire niais sur le visage toute la journée. Est-ce que cela est problématique pour vous ? Je m'en contrefiche. Je ne suis absolument pas d'humeur à jouer les faux-semblants.

L'infirmière se met à rire. Je suis vexé et agacé de son comportement. Pourquoi est-elle aussi tenace ?

— Sachez une chose, nous aimions tous Julia. Son départ un petit peu étrange nous affecte tous. Vous n'êtes pas le seul à souffrir. Et d'ailleurs, nous pensons tous que vous êtes responsable de son départ. Il n'est pas nécessaire d'être très intelligente pour savoir que vous avez été le souci principal de cette femme ici. Et croyez-moi, nous préférerions l'avoir elle plutôt que vous.

Cette réaction est plutôt récente. Si j'avais énormément la cote au niveau des infirmières, je comprends bien que ce temps est révolu. En effet, le départ de Julia a placé mes alliées de l'autre côté. En même temps, je ne peux pas vraiment leur en vouloir. Puisque la raison officielle de son absence est assez floue et que je ne peux pas me défendre sans mentir. Je sais très bien que Julia n'est pas partie de son plein gré, c'est impossible. Elle m'aurait prévenu. Ou Tara aurait été mise au courant. Sa disparition est logique. Simplement, je suis le seul à le savoir. Toutes les autres personnes ici présentes sont complètement convaincues que je suis le responsable. En quelque sorte, elles ont raison puisque je n'ai pas réussi à la protéger convenablement. Mais je ne suis pas responsable de son absence. L'enflure dans cette histoire, c'est James. Je n'ai absolument aucune idée de ce qu'il a fait à Julia, mais une chose est sûre, faire semblant est le plus dur. Mes amis m'ont dit de rester à l'écart. Je sais que les gars ont raison, mais je commence en avoir marre d'entendre des réflexions du genre. En fin de compte, c'était beaucoup plus simple quand je me faisais draguer à tout va.

— Écoutez, Mademoiselle. Je ne vous connais absolument pas. Ce qui veut dire que vous ne me connaissez pas non plus. Vous avez simplement entendu des rumeurs. Savez-vous que dans un hôpital, il y a énormément de choses colportées sans la moindre preuve. Si vous connaissez également ma réputation, vous savez que j'ai été accusé à tort de faits immondes l'année dernière. Et sans Julia, je ne serais pas ici aujourd'hui. Ce qui veut dire, qu'il n'y a absolument aucune chance que je sois responsable de son départ, puisque sa présence me protégeait. Alors au lieu de répéter des idioties, apprenez à réfléchir avant de venir me voir.

Je commence à m'éloigner, avant de me souvenir d'un petit détail. Je pivote vers elle, croise son regard un petit peu méfiant et rajoute :

— Une autre chose. Vous avez dit que me voir dans cet état n'était pas bon pour les patients. Je n'ai reçu absolument aucune plainte ni réflexion de leur part ou de leurs proches. Sachez que je suis même aux petits soins pour leur éviter de voir le visage que j'ai chaque matin dans le reflet de mon miroir. Alors, ne doutez jamais que je sois un bon médecin. Nous n'avons pas besoin d'être bien moralement pour être bon médicalement. Je ne suis pas un psychologue ou un coach de vie. Je soigne les gens. Je diagnostique. Vous avez besoin d'avoir un sourire idiot sur le visage pour vous sentir belle, d'accord, mais cela ne changera rien au fait que vous êtes une bonne ou une mauvaise infirmière. La façade que vous présentez ne reflète absolument pas qui vous êtes.

Mon petit discours la tétanise. En temps normal, j'aurais été un peu plus sympathique, mais là, ça suffit. Comme le dit la fille inconnue dans son journal, il faut dire stop un jour ou l'autre. Aujourd'hui, c'est mon jour. J'en ai marre d'afficher une tête neutre, des paroles sans incidence et un comportement irréprochable. À quoi cela va-t-il me servir d'être lisse et parfait, sans attirer l'attention, alors qu'au final, de toute façon, si un jour par malheur le corps de Julia était retrouvé quelque part, tout le monde pensera que c'est de ma faute ? Alors oui, effectivement, de l'extérieur, j'ai autant de raison que les autres d'être coupable. Parce que personne ne sait qui je suis, personne n'a entendu les conversations que nous avons eues et à quel point je suis attaché à cette femme.

Même Harold pense que je suis responsable.

Avant d'être l'ami de Julia, il était le mien. Sauf que l'arrivée de cette femme a absolument tout bouleversé. J'ai moi-même changé.

Et comme l'a si bien dit cette inconnue sur ce bout de papier, « *Parfois, il suffit d'une chose, d'une parole, d'une personne pour changer absolument toutes les vérités de votre vie. Mais quand cela disparaît, votre monde n'a plus aucune raison d'exister. Alors qu'avant, il tournait sans elles.* »

C'est exactement ce qui s'est passé avec Julia. Avant, tout allait bien. J'avais un objectif, un plan. Puis je l'ai croisée dans cette discothèque. Elle avait l'air tellement innocente, déambulant pour essayer de retrouver James. Elle était persuadée de sortir avec un homme bon. C'est peut-être ça qui la rendait magnifique. Mais ce qui m'a le plus surpris, c'est quand je l'ai prise pour la mettre sur le comptoir ; elle aurait dû être complètement choquée. Elle ne s'est même pas rebiffée. Si mon comportement l'a agacée, je crois que le fait que je la défende ensuite face à un autre homme a effacé mon attitude un peu trop entreprenante. Parce que Julia a ce petit quelque chose, l'indépendance, la fougue, la passion et la fragilité à la fois. Croiser une femme comme ça dans votre vie, ça bouleverse. On oublie absolument tous les clichés et on repart sur de bonnes bases. Tout du moins, c'est ce que je croyais. Mais ça ne s'est pas passé comme ça. J'ai essayé de l'oublier pendant des semaines. J'ai fait du mal à d'autres femmes en leur faisant croire que c'était possible de les aimer. Je souhaitais tellement me tromper. J'avais envie de me réveiller un matin et me dire que cette femme n'était absolument rien pour moi. C'était même vital de le penser. Sauf que j'ai dû arrêter de me voiler la face, j'ai commencé à ouvrir les yeux et à me rendre compte que Julia était toute ma vie. Comme l'a dit cette inconnue sur le papier, mon monde venait de s'écrouler pour se reconstruire en une seule et même personne. Cependant, je n'avais jamais pensé une seconde que je pourrais perdre cette dernière, car alors, mon monde s'écroulerait avec elle.

— Alors pourquoi vous êtes encore ici ?

La voix de l'infirmière sortie de nulle part me tire de mes pensées. Je l'observe sans trop comprendre ce qu'elle essaie d'insinuer.

— Eh bien oui ! Vous êtes là, à faire le malheureux, avec votre tête d'enterrement, mais pas une seule fois vous avez pris une journée de congé pour aller la retrouver. Pas une seule fois vous avez eu l'air de vous battre pour elle. Vous savez qu'une femme, ça ne tombe pas comme ça dans vos bras. Elle est mariée à un homme plutôt beau, charmant et riche. Vous croyez que le fait de simplement être médecin et son supérieur ait pu changer quoi que ce soit dans sa tête. Si vous l'aimez vraiment, si vous avez besoin de cette femme dans votre vie, battez-vous !

Je suis complètement interloqué. Cette femme m'accusait il y a cinq minutes d'être un mauvais médecin à cause de ma dépression et maintenant elle m'encourage à partir à la recherche de Julia. J'ai presque envie de rire. Elle ne sait absolument rien de la situation dans laquelle nous nous trouvons. J'ai envie de lui dire que j'aimerais beaucoup me battre pour elle, mais que ce n'est pas aussi simple que ça. Sauf que je n'ai absolument pas la patience de répondre à toutes les questions qui vont suivre. Alors je m'éloigne. Sauf que je suis tombé sur l'infirmière la plus déterminée de tout le service.

Elle me hèle de loin :

— Alors c'est vrai ! Vous êtes un lâche !

J'ai toujours adoré un passage dans *Retour vers le futur*. Celui où le personnage principal ne peut s'empêcher de réagir à un mot. C'est assez idiot, mais je suis un peu comme lui. Il suffit simplement de me dire que je suis lâche pour me faire exploser. Je serre la mâchoire et essaie de me dire que cette femme essaie juste de me secouer. Mais, comme dans le film, on a beau connaître nos faiblesses, on n'arrive pas à les combattre.

Je grimace et me retourne vers elle en la fixant méchamment.

Nombre de femmes auraient été intimidées par ma réaction, cependant celle-ci soutient mon regard sans l'ombre d'une hésitation.

— Mais qui êtes-vous ?

Elle se met à sourire. C'est peut-être cette question que j'aurais dû poser avant toute autre chose. Au moment où j'ai prononcé cette phrase, je reconnais une partie de ses traits.

C'est infime, presque impossible à déceler si on ne connaît pas parfaitement l'un de ses parents. Et dans mon cas, je connais les deux. Je suis complètement estomaqué de ne pas avoir fait le lien avant.

— Tu es la fille de Sam et Elisa.

Cette certitude change absolument toute notre conversation. Je sais exactement pourquoi elle a ce tempérament si farouche et surtout comment elle a osé me parler de la sorte.

— Ton père m'a vu ?

— Il me semble qu'il t'a vu quand tu étais dans le hall, à prendre ton énième café de la journée avec le regard perdu sur l'extérieur.

— Il t'a dit de venir me persécuter pour savoir ce qui n'allait pas, c'est ça ?

— Il a plutôt dit un truc du genre « si tu veux qu'il t'écoute soit désagréable, ne lâche pas l'affaire et ça lui servira de leçon ».

Je me mets à rire. Sam a été l'un de mes premiers patients. Un caractère de feu, motard professionnel, cascadeur à ses heures perdues, il s'était ouvert la jambe. Mais quand je dis, ouvert, c'était littéralement. Il y avait très peu d'endroits où on ne voyait pas son anatomie complète. Et pas une seule fois, il ne s'est plaint. Durant des heures, nous avons dû repousser, reboucher, recoudre, la douleur devait être immense durant toute la cicatrisation, la rééducation et les multiples opérations. Mais pas une seule fois, il n'a geint ni demandé un supplément de morphine.

Il était très beau, attirait l'attention de beaucoup d'infirmières et adorait faire le beau parleur. C'était un peu l'animation du service et j'ai passé beaucoup d'heures à discuter avec lui. Nous avions beaucoup en commun, il adorait la boxe et avait été plutôt malmené étant jeune. Très rapidement, nous nous sommes rapprochés. Durant la même période, j'ai reçu une deuxième patiente dans un état plutôt critique. Elle avait poussé à l'extrême le mot « pari ». Une de ses amies l'avait défiée de sauter d'un pont. Jusque-là, rien d'extraordinaire, beaucoup de jeunes le font — du moins quand il y a de l'eau. Cette dernière avait dit qu'il fallait simplement savoir se réceptionner pour ne pas s'exploser au sol. Elle l'avait vu dans un film.

Autant dire que le résultat n'avait pas été très probant.

Si Sam était dans un sale état en arrivant à l'hôpital, Elisa était bien pire. Néanmoins, elle avait en commun avec mon premier patient le sourire et la gaieté incarnés. Il était fort probable qu'elle ne puisse plus jamais marcher et pourtant elle nous sortait des blagues chaque jour un peu plus drôles. Elle est très vite devenue la mascotte du service et on a oublié le beau gosse dans sa chambre. Celui-ci ayant un ego particulièrement développé n'a pas apprécié se faire voler la vedette. Il a donc voulu aller voir à quel point cette femme était extraordinaire et savait capter l'attention de tout le monde. Mais au lieu de récupérer l'attention, il n'a eu d'yeux que pour elle.

Il bavait littéralement sur elle, la dévorant du regard. Les infirmières ont trouvé tout naturel d'organiser des rendez-vous avec les deux cascadeurs. Sauf qu'Elisa avait un sacré tempérament et n'avait absolument pas décidé de trouver l'amour à l'hôpital. Plusieurs fois, elle l'a envoyé balader. J'ai pris plaisir à voir leur relation naître devant moi. Et j'ai été obligatoirement invité à leur mariage un an après. Quand j'ai appris que la sœur de Sam était décédée dans un accident de voiture, je lui ai envoyé un message de soutien. Il m'a appris que sa sœur avait une fille. Un tempérament de feu qui collait parfaitement avec Elisa et lui. Ils ont donc pris la grande décision de la prendre avec eux puisque le père de la fillette était mort quelques années plus tôt, la laissant orpheline.

Je ne l'avais jamais rencontrée, mais plusieurs fois Sam m'en avait parlé au téléphone. Elle a très vite considéré Elisa et Sam comme ses parents. Elle partageait leur folie, et au fur et à mesure, même si c'est très étrange de le dire, je crois qu'elle a pris un peu d'eux, même physiquement. Dans ses mimiques, je retrouve Elisa. Je ne saurais l'expliquer et à la fois cela me paraît évident. Quand on passe du temps avec quelqu'un, on adopte ses réflexes.

De son côté, Sam ressemblait à sa grande sœur, ce n'est donc pas étonnant de retrouver des similitudes faciales.

Mais ce qui me fait le plus plaisir, c'est de voir à quel point leur caractère est cohérent. Cette fille est exactement une version plus jeune de mes deux anciens patients.

— Alors, ça aura servi à quelque chose cette conversation ?

Je ne sais pas quoi lui répondre. J'aimerais que la situation soit plus simple, mais j'ai aussi envie de rassurer mes deux amis.

— Elle était instructive. Et il faudrait probablement que les infirmières apprennent à me parler comme tu le fais, ça éviterait quelques petits malentendus.

— Ça, je peux m'en arranger. Mais il ne faudra pas venir se plaindre après si vous en avez marre de vous prendre tous les reproches du service.

Je souris. Elle a raison, il y a tellement de problèmes en ce moment dans le service, et cette fois, je n'en suis absolument pas responsable.

Chapitre 4

Julia

Aujourd'hui, j'ai droit à la totale. Cela arrive une fois par semaine si j'ai bien compris. Une prise de sang, un contrôle total de ma santé, passant par un examen qui n'est pas très agréable pour une femme, et des questions. Toujours ces mêmes questions. Si je dois avouer que je n'en peux plus, je fais semblant que tout va bien. J'ai bien conscience que le peu de vie qui me reste est entre les mains des personnes qui me retiennent et, même si je n'ai aucune idée de ce qu'ils peuvent faire de ces données, je coopère.

Quand j'ouvre les yeux, je sais exactement ce qu'il va se passer. À vrai dire, je croyais que c'était déjà hier qu'il fallait le faire. Un homme, baissant les yeux à chaque fois qu'il croise mon regard, me demande de me lever. C'est la seule fois où on détache mes liens.

Je suis plutôt docile. Je me redresse avec difficulté puisque je n'ai plus beaucoup d'énergie, lui tends mes mains et ne dis rien.

— On annule.

L'ordre vient du couloir. Je n'ai jamais pu sortir de cette pièce sans avoir quelque chose sur la tête, et cela me fait presque sursauter d'entendre quelqu'un d'autre.

L'homme qui est avec moi fronce les sourcils ne comprenant pas ce qui vient de changer.

— Qu'est-ce qu'il se passe ?

C'est une autre voix dans le couloir qui parle. Celle-ci, je ne l'ai jamais entendue. Je tends l'oreille, voulant juste savoir ce qui a empêché mon rendez-vous médical hebdomadaire.

— Le patron a décidé qu'on ne ferait rien aujourd'hui.

— Pourquoi ?

— Tout bêtement parce que l'infirmière n'est pas là.

— Alors ?

— Tu dois vraiment faire tous les examens ?

— Je ne me vois surtout pas lui dire qu'on ne le fait pas. Tu imagines sa réaction quand elle va savoir que James a décidé ça sans lui en parler ?

— Qui dit qu'il ne lui a rien dit ?

— J'en sais quelque chose sinon elle serait déjà là à hurler.

— Ok, on va la voir et on lui demande.

— C'est bien ce que je comptais faire.

Je ne suis pas complètement rassurée par ce que je viens d'entendre.

À première vue, j'ai pour le moment échappé à cette visite médicale, mais j'ai l'impression que quelque chose de beaucoup plus grave est en train de se préparer. L'infirmière qui est venue, clairement achetée par James pour ne pas dévoiler le fait que je suis ici, était douce et compétente. Hors de question qu'un pseudo Boris de James me touche. Je ne l'accepterais tout simplement pas. J'ai eu beaucoup de mal à accepter de me faire examiner par un homme gynécologue, alors quelqu'un qui n'est pas du métier, ce n'est même pas la peine.

S'engage alors une longue attente. L'homme qui est avec moi hésite plusieurs fois à me laisser seule. Bien que je sois détachée, il paraît improbable que j'arrive à m'échapper avec autant d'hommes dans le couloir. Néanmoins, mon gardien reste bien sagement à mes côtés, attendant quelque chose. J'ai l'impression que ni lui ni moi, ne sachions très bien ce que nous attendons. Le temps passe et je commence à avoir très faim quand nous percevons du mouvement en bas. Bien que l'étage soit assez insonorisé, je capte quelques sons par la porte entrouverte. Une femme n'a pas l'air ravie d'apprendre quelque chose. Je mets un moment avant de comprendre les premières paroles et surtout la situation. L'inconnue, que j'ai entendue quelques fois parler face à moi, arrive. Elle a l'air déterminée et agacée.

Je déglutis. Je suis totalement terrifiée par cette femme sans que je sache pourquoi. Elle ne m'a absolument rien fait, et pourtant, mon instinct me dit de la fuir. Alors, quand j'apprends de la bouche d'un des hommes du couloir qu'elle va se charger elle-même de mon examen, je me tétanise. La corvée que j'arrivais à gérer devient insurmontable.

Je recule d'un coup, ce qui surprend l'homme à mes côtés. Il me retient par le bras comme si j'allais m'enfuir par le mur. Je le fixe, prête à le supplier de ne pas me laisser avec cette femme. Sauf que cela ne change rien. Il a des ordres et compte bien obéir. Si les premiers disaient de ne pas me faire d'examen aujourd'hui, cela a l'air d'avoir changé.

Quand cette femme entre dans la pièce, elle me fait un grand sourire.

— Julia, j'ai appris que tu n'allais pas avoir ton bilan sanguin si je ne venais pas. Tu comprends bien que je ne peux absolument pas laisser passer ça. Nous souhaitons tous que tu restes en bonne santé ici.

Sa fausse bienveillance me donne envie de vomir. Je ne dis rien et continue à la fixer pour lui montrer que je ne suis pas prête à me soumettre. Je n'ai aucune envie d'être sympathique avec cette inconnue.

— -- Tu pourrais être un tout petit peu plus aimable !

Elle claque les extrémités d'un gant en silicone pour se donner un air.

— Je ne sais pas, moi, peut-être pourrais-tu me dire merci d'être venue exprès pour toi ?

— Quand vous aurez fini de me charcuter sans avoir réussi à prendre la moindre goutte de sang, j'essaierai de vous dire merci de me laisser sans veines intactes.

Elle n'apprécie pas la façon dont j'appuie son manque d'expérience dans ce domaine.

— Écoute, petite sotte, si tu as envie de jouer la maline, il n'y a aucun souci. Mais sache une chose : je n'ai pas que ça à faire de ma journée et il est hors de question que tu t'amuses à me mettre des bâtons dans les roues. Tu dois passer ton examen aujourd'hui et rien ne va empêcher ça.

N'ayant pas le choix, l'homme nous quitte malgré mon désespoir.

— Oh, et n'oublie pas, ajoute-t-elle, tu n'as absolument aucun allié dans ce bâtiment. Si tu crois que tu peux t'enfuir ou trouver quelqu'un qui t'aidera, arrête de rêver. Je suis la seule qui ait le droit de te parler.

Sur ces douces paroles réjouissantes, elle se met à m'ausculter. Elle a la délicatesse d'un sumo, mais je n'ai pas le choix. Cela me rappelle toutes les violences gynécologiques que j'ai déjà subies dans le passé, mais aussi la douceur des infirmières de l'hôpital.

Pour devenir un bon médecin, il faut savoir piquer. En école de médecine, la meilleure façon de faire est d'utiliser tous les élèves comme cobayes. Je me souviens encore de la manière dont Chad avait explosé toutes les veines de mes bras. Heureusement pour toute la planète, cet homme n'est jamais devenu médecin. Je crois même qu'il est devenu botaniste.

Pour me déconnecter de tout ce qu'elle me fait, j'utilise une technique que je pratique régulièrement depuis que je suis ici. Je me remémore absolument tous les gens que j'ai connus dans ma vie. J'essaie de me souvenir de ce qu'ils avaient envie de faire, ce qu'ils font et où ils sont. Je me rends compte qu'on perd très vite contact avec toutes les personnes de notre enfance. On coupe les ponts sans se rendre compte. C'est pleine de nostalgie que je réalise à quel point je n'ai aucune idée de ce qu'est la vie de la plupart de mes anciennes relations. Alors, pour combler mon esprit, j'imagine des métiers qui leur colleraient à la peau.

— Arrête de gémir !

Elle m'agresse tandis que je retiens un cri de douleur. C'est la quatrième fois qu'elle me pique sans trop ménager mes bras. Je sais en l'observant qu'elle n'y arrivera pas. J'ai la particularité d'avoir des veines extrêmement fines et fuyantes. Elles roulent et empêchent toute piqûre faisable pour me prendre un peu de sang. Une infirmière le verrait et choisirait une bonne aiguille, mais cette femme n'en est pas une ; elle n'a absolument aucune connaissance médicale. J'ai envie de le lui faire remarquer quand elle m'offre une claque. Je ne m'y attendais pas et ma tête est projetée sur le côté.

— Ça t'amuse ? Tu crois qu'on a du temps à perdre avec…

Sa phrase est interrompue quand elle entend des bruits de pas dans le couloir. Ils n'ont absolument pas la même sonorité que tous les autres. Je dirais qu'ils ne proviennent pas de basket comme la plupart des hommes qui rentrent dans ce bâtiment, mais plutôt de mocassins. Mon infirmière du jour se met à paniquer. Je vois son visage changer, elle n'est plus du tout sereine. De mon côté, je suis presque contente de cette nouvelle arrivée même si je n'ai aucune idée de qui il s'agit.

J'avale ma salive avant de retenir un faible cri quand elle arrache la seringue sans ménagement et sans pression. Le sang se met à couler de la plaie tandis qu'elle sort de la pièce.

— Qu'est-ce que tu fous ?

Je reconnais immédiatement la voix de James. Cela me fait un drôle d'effet. Je suis autant soulagée que terrifiée de savoir qu'il est aussi proche de moi.

— Ils m'ont prévenue que tu avais annulé. Ce n'était absolument pas dans nos plans. Pourquoi tu ne m'en as pas parlé ?

— Je n'ai pas à te transmettre ce genre d'informations. L'infirmière ne pouvait pas venir aujourd'hui, j'allais donc décaler, c'est tout. Pourquoi te crois-tu au-dessus des ordres ?

— Tu sembles oublier tout ce que tu m'as dit.

Je reste complètement subjuguée par cette conversation. Cette femme est donc avec James ? Sont-ils amoureux ? Était-elle sa supérieure ou est-ce lui ? J'ai des dizaines de questions qui arrivent dans tous les sens sauf que je n'ai et n'aurai certainement aucune réponse.

— Tu ne lui fais plus aucun examen sans la présence d'une infirmière, est-ce clair ?

— Si tu ne veux pas que je fasse des choses derrière ton dos, tu n'as qu'à tout me dire.

Décidément, cette femme n'a pas décidé de courber l'échine si facilement. James paraît agacé par son comportement, néanmoins, il ne rajoute rien. Elle rentre seule dans la pièce et me lance une serviette.

Elle ramasse son matériel, pivote et demande à mon gardien resté dehors de me rattacher. Aujourd'hui est le début d'autre chose. Pour la première fois, j'ai entendu James et j'ai compris qu'il se passait quelque chose, une sorte de guerre de pouvoir. J'ai hâte de voir comment je vais pouvoir exploiter cette faiblesse pour m'en sortir.

Parce que l'objectif n'est pas de rester ici indéfiniment. Quelque part, j'ai un médecin qui m'attend.

Chapitre 5

Dean

Quand vous vous sentez seul, personne ne prend le relai. C'est ce qu'il y a de plus dur. Aucune voix n'arrive à vos côtés pour raconter l'histoire, vous tenir la main ou simplement offrir un vague sourire encourageant. Non, quand vous êtes seul, on peut, au mieux, vous observer couler sans réagir.

C'est exactement la sensation que j'éprouve et les pages du carnet arrachées que j'ai dans les mains aussi.

Je suis assis près de la fenêtre de la salle de repos quand je lis les premières lignes des trois pages arrachées.

L'écriture est arrondie et moins brouillon que d'habitude.

« *Jeudi/12 d'un quelconque mois, 2018... Je crois. Pluie sur le puits de lumière. Je commence à trouver comment me situer vis-à-vis de la date. Il sort chaque lundi, mercredi, jeudi et samedi, sauf quand il y a visite médicale. Je déteste ça, surtout les piqûres.* »

Une enfant malade ? Quelqu'un en quarantaine ? Cette précision me met le doute sur l'origine des lettres. Est-ce une patiente qui me parle via ces morceaux de carnet ?

« *J'essaie de trouver une logique pour ce qu'il me fait sans y parvenir. Je connais la date et 2018, grâce à un bulletin d'informations réglé trop fort, qui est parvenu jusqu'à moi. C'est rare d'entendre quelque chose s'échapper du dehors. Souvent je*

n'ai aucune visite, aucun son pendant des heures. J'ai réussi
à obtenir quatre stylos de couleurs différentes et ce matin j'ai
réalisé un calendrier. Comme ça, j'arrive à suivre un peu où j'en
suis. Je suis le 12 d'un mois dans l'année 2018. Quel progrès...
Tout du moins si j'ai réussi à commencer au début du mois. »

La détresse qu'elle a pour se repérer me provoque une
angoisse profonde.

« Ce matin, je soupire beaucoup. Je me sens seule. Dehors,
c'est dangereux pour moi, mais rester ici sans pouvoir parler à
quelqu'un... Je ne peux même pas me plaindre. Tout le monde
fait au mieux, m'a-t-il dit. Qu'est-ce que je peux répondre à ça ?
"Écris si tu as besoin d'évacuer". Voilà sa réplique favorite et
c'est ce que je fais. »

Une voix m'interpelle et je dois arrêter ma lecture en
cours. Ma garde vient de commencer et je n'ai pas une
minute à perdre.

Je glisse la lettre dans la poche de ma blouse et pars
affronter la réalité de mon quotidien. Les urgences, ce n'est
pas de tout repos, encore moins maintenant. Je fais le vide
en moi et pousse les lourdes portes à battant qui retiennent
la cohue de ce lieu loin des autres services plus sereins.

— Qu'est-ce qu'on a ?

Je demande tout de suite à Éric, le plus jeune de mes
internes, un petit état des lieux.

— Deux victimes de carambolage, un père de famille
en état de choc après avoir tiré sur son fils, ce dernier n'a
qu'une légère entaille dans le bras. Un musicien inconscient
qui arrive et...

Je tilte tout de suite sur un détail qu'il m'a donné.

— Pourquoi préciser un musicien ?

— Parce qu'il... Il est connu monsieur. Des fans suivent
l'ambulance.

— Qu'on prépare une suite VIP.

— Son manager a refusé. Il veut être traité comme tout le monde.

Je lève les yeux au ciel, sait-il qu'en faisant ça, il complique la vie de tout le personnel des urgences ?

— Ok. Tu aimes sa musique ?

— Bof.

— Éric !

— Non.

— Bien, tu viens avec moi. Choisis quelqu'un avec les mêmes goûts musicaux pour nous accompagner. Agathe, June pour le père de famille et le garçon. Pour les deux autres victimes, laisse Owen prendre qui il voudra dans mes internes. Le reste s'occupera des autres patients.

Éric acquiesce et s'empresse de faire passer le message avant de me rejoindre sur le parvis des urgences où l'ambulance de notre pseudo star ne va pas tarder.

Je déteste L.A. pour ça. Des millionnaires qui se pensent plus évolués que tout le reste du gratin. Branchés, proches du peuple mais trop attachés à leur fortune pour changer complètement de vie ou proposer leur concert à moitié prix. Leur hypocrisie frôle la bêtise et le vœu de celui-ci d'être soigné comme tout le monde le prouve encore une fois.

— Monsieur, on doit l'appeler par un autre nom ou… ?

Éric est intimidé, même s'il n'est pas fan. À ses côtés, Mia, la meilleure interne de cette saison sans aucun doute.

— Vous ne l'aimez pas ?

— Mon frère est un fan.

Je fronce les sourcils.

— Vous n'avez pas de frère, vous, précise-t-elle. Quand j'entends non-stop à fond dans la maison la même voix, je peux vous jurer qu'à la moindre allusion de ce pseudo chanteur, j'ai des envies de meurtres.

Je ris. Elle est fraîche et s'entendrait à merveille avec Julia, j'en suis sûr. Néanmoins, je ne dois pas penser à ça et me concentrer sur ma mission du jour.

— Si l'occasion apparaît de le tuer, évitez tout de même, l'hôpital a déjà quelques soucis avec ma façon de procéder.

Je suis ironique, mais je l'ai tout de même dit. Les accidents sont si vite arrivés.

L'ambulance arrive à fond vers nous et je dois faire reculer les deux petits nouveaux pour ne pas en perdre un.

Quand le manager descend en premier, je ne manque pas de remarquer la petite caméra qu'il tient à la main. Néanmoins, les ambulanciers attirent vite toute mon attention.

— Il a convulsé plusieurs fois, lâche le premier.

— Les muscles de son visage se contractent en permanence comme s'il souffrait, décrypte le second.

Éric note les informations dans un coin de son esprit tandis que Mia siffle :

— Fans à trois heures. On devrait déguerpir.

Je pivote mon regard vers ce qu'elle désigne, et en effet, elle a raison.

— Go !

Le brancard glisse dans l'entrée et nous mettons une légère distance avec la foule qui se presse derrière nous.

— Sarah, personne n'entre ici s'il n'est pas en train de mourir, hurlé-je. Appelez la sécurité si besoin !

Elle hoche la tête et appuie sur les fermetures automatiques des portes coulissantes pour ne plus laisser entrer personne. Les fans se mettent à taper sur les vitres et cela n'augure rien de bon.

— Je déteste les pseudo stars, grogné-je.

Le manager à côté de nous décale alors sa main sur le côté pour poser son appareil sur le brancard, rivé dans ma direction.

— Qu'est-ce que vous faites ?

Il me regarde innocemment.

— Ça ? Ce n'est rien, ce n'est que le journal de Jon.

— Vous me filmez ?

Je suis au bord de l'implosion quand Éric dirige le brancard vers une des seules places à l'abri des regards dans les urgences.

— Non.

— Vous vous moquez de moi ?

— C'est pour les vidéos quotidiennes de ce type, Dean, réplique le brancardier en désignant le petit appareil.

— Éteignez-moi cette merde !

Je suis menaçant, mais cela n'a pas l'air de l'impressionner.

— Vous venez de dire devant le monde entier que vous n'aimiez pas les stars. Sachez que sans elles, l'hôpital perdrait des millions en…

Je ne le laisse pas terminer son discours et attrape son engin pour le balancer de l'autre bout de la pièce. Il s'explose contre le mur dans un brouhaha et la discussion est terminée.

— Essayez de faire des vidéos sans, ironisé-je. Pendant ce temps-là, on va sauver votre gagne-pain.

Éric est fier de ma réaction, Mia lève les yeux au ciel et les deux autres gars sont hilares.

Seul mon patient n'a pas l'air très bien.

— Il allait bien avant de monter sur scène ?

Le manager hausse les épaules sans trop de conviction. Je sens bien qu'il est en train de cacher quelque chose. Il y a des signes récurrents quand on ment à un docteur. Tout le monde fait la même chose. On dirait que c'est un sport universel d'oublier de dire des vérités ou de transmettre des éléments importants à un médecin. Souvent les proches tentent de camoufler des détails, parfois complètement futiles ou inutiles. Ils s'imaginent qu'ils protègent leur ami en ne dévoilant qu'une partie de sa vie. Cependant, ils font complètement l'inverse. Souvent ce qu'on ne sait pas est l'origine même du problème.

— Il se droguait ?

La question ne vient pas de moi. C'est Mia qui a pris les devants. J'aime quand mes internes font ça. Tout simplement parce qu'un seul homme ne peut pas réfléchir assez rapidement pour analyser toutes les situations. C'est pour ça qu'il n'y a jamais qu'un seul médecin dans les urgences et qu'il faut toujours apprendre à se faire aider.

— Non, jamais de la vie ! Il n'a jamais été dans un meilleur état qu'aujourd'hui. Il revenait justement d'une retraite spirituelle de plusieurs mois. Hors de question pour lui de consommer de telles choses.

— Il n'aurait pas dû revenir.

L'observation d'Éric est complètement déplacée, néanmoins, elle soulève une drôle de réaction chez le manager.

— Depuis quand a-t-il repris ?

— Qu'est-ce que cela change ? Il est en train d'aller mal. Soignez-le et on n'en parle plus.

Ses manières de me répondre ne me convainquent pas du tout. Je déteste quand les proches nous mentent ou omettent certains faits. J'essaie de ne pas me mettre en colère et me plante devant lui.

— Écoutez, nous savons tous dans cette pièce que vous êtes en train de nous cacher quelque chose. Alors soit vous crachez le morceau tout de suite, soit je m'énerve. Depuis combien de temps cet homme a repris les routes pour une tournée ?

Je détache quasiment chaque mot de ma dernière phrase pour être sûr de bien me faire comprendre.

— Il a repris depuis un mois et demi.

— Qui a eu l'idée de cette tournée ?

— Moi.

— Est-ce qu'il était d'accord ?

C'est là que j'appuie sur le point névralgique de son mensonge. Ses yeux fuient mon regard, ses mains s'agitent, et très vite, il commence à avoir de la sueur sur son front.

— J'attends votre réponse.

Je suis insistant et oppressant pour ne pas lui laisser le temps de trouver une excuse bidon à son comportement.

— Il est possible que j'aie dû utiliser une clause dans son dernier contrat pour le faire accepter.

— Vous l'avez forcé à remonter sur scène !

Éric ne peut s'empêcher de réagir de façon excessive. Mais pour le coup, je ne lui en veux pas, je trouve le comportement du manager complètement abject.

— Est-il possible qu'il ait consommé quoi que ce soit pour se détendre ?

— Qu'est-ce qui vous dit qu'il avait besoin de se détendre ?

— Oh, eh bien, le fait qu'il soit parti des mois pour une retraite spirituelle, qu'en rentrant dans son pays, son manager lui fait du chantage pour recommencer une tournée et gagner potentiellement l'argent dont il avait besoin. Je ne suis pas sûr que ce soit les meilleures conditions pour se remettre en selle, mais après tout je ne connais rien au monde de la musique.

Je suis sarcastique et il le comprend très vite.

— C'est possible qu'il ait pris deux-trois flacons.

— De quoi ?

Et le manager hausse les épaules sans savoir quoi me répondre. J'enrage.

— On lui fait un lavage d'estomac tout de suite.

Mes deux internes réagissent et enlèvent les freins du lit pour tout de suite s'en occuper. Le manager essaie de les suivre quand je lui attrape le bras.

— Nous deux, on va aller sur place trouver les merdes qu'il a ingurgitées !

Le manager déglutit avant d'acquiescer.

— Ça doit être dans le bus de la tournée.

— On y va.

Quand je traverse le couloir des urgences, Owen me barre la route.

— Tu fais quoi, Dean ?

— Je pars chercher la cause du souci de mon patient. Il est riche et en train de créer une émeute, et son adorable manager a le moyen de nous éviter un scandale avec la mort d'une star dans l'établissement, tu veux savoir autre chose ?

Owen écarquille les yeux et me laisse passer. Décidément, être honnête est plutôt une bonne chose en ce moment.

Quand je balance les clés de ma bagnole au manager, il met un moment à comprendre.

— Je n'ai pas la patience d'écouter vos indications. Alors on y va, vous appuyez sur l'accélérateur et on sauve mon patient histoire de contenter votre compte en banque !

Il s'installe au volant et démarre rapidement la voiture. Une fois sur l'échangeur, il lâche :

— Je ne suis pas un monstre.

— Un mégalomane trop porté sur l'argent, nuancé-je.

— Jon était comme ça avant. Je ne pouvais pas savoir que la pression allait le rendre… comme un junkie.

— Vous croyez qu'il se sentait bien de trahir ses nouveaux principes ? Qu'il était heureux de monter sur scène à cause de votre chantage ?

Le manager ne dit rien et ma question me fait penser à une phrase que mon inconnue a écrite sur ses morceaux de papier.

« *La première nuit où j'ai réellement bien dormi, j'ai cru que tout allait s'arrêter. Cela peut paraître idiot, mais cela faisait des mois que j'avais l'impression d'être une junkie. Pourtant, je n'ai jamais rien consommé de toute ma vie. C'était sûrement le fait d'être complètement déphasée, loin de chez soi. Le manque de sommeil joue forcément aussi. Mais je me suis réveillée de nombreuses fois désorientée, tremblante et complètement trempée de sueur. Je crois que j'ai vécu une sorte de dépendance à la liberté et à la fois un sevrage radical. La solitude est devenue mon amie au fil du temps et j'ai commencé à l'apprécier.* »

Une fois arrivé devant le bus, je comprends que la tâche ne va pas être aussi simple. Ce lieu renferme les secrets de dizaines de musiciens et personnels de la tournée. Jon n'est pas le seul à y venir.

— Qui vient ici ?

— Tout le monde. Mais Jon garde l'arrière juste pour lui, allez voir.

J'acquiesce et y avance quand mon téléphone portable sonne. Je ne connais pas le numéro, mais je reconnais rapidement la voix de mon interne de l'autre bout du fil.

— Il n'a rien ingéré depuis des heures, m'apprend Mia. Je ne pense pas que cela vienne d'un quelconque médicament.

— Compris.

Je réponds laconiquement et raccroche.

Autour de moi, la vie d'un homme qui voulait donner le change sur son état d'esprit. J'inspire et essaie de voir les choses d'un œil extérieur et professionnel.

Un lit impeccable, aucun papier dans la poubelle. Rien n'indique qu'il ait pris quoi que ce soit dans la précipitation. Cette chambre est presque trop parfaite pour un musicien complètement lessivé de ses tournées. Il a l'air maniaque. Sur sa table de chevet, de petites ampoules, un liquide ambré à l'intérieur m'intrigue. Je m'approche et les soulève à la lumière, muni de gants pour éviter de contaminer les preuves si Jon décédait subitement à l'hôpital. Contre toute attente, je lis l'étiquette et n'y vois rien de dangereux : de la liqueur de noisettes. C'est original comme petite friandise. Je ne savais même pas que cela existait dans cette forme. Ça doit sûrement être utilisé plus souvent par des cuisiniers que des personnes lambda.

Je continue à faire le tour. Il y a quelques plaquettes de cachets pour les maux de tête, un flacon de comprimés un peu plus puissant pour les grosses douleurs et des bouteilles de jus d'orange à moitié entamées. Aucune trace d'alcool ni de drogue. Même si le manager n'a pas l'air d'être le meilleur ami du monde, il connaît bien son client. Ce n'est ni un junkie, ni un alcoolique.

— Qu'est-ce que vous trouvez dans le frigo ?

Je retourne sur mes pas quand le manager me répond :

— Rien de bien extraordinaire. Il était plutôt du genre compliqué sur son régime alimentaire depuis son retour d'Inde. Il ne mange que des choses dont il est sûr des provenances, plus de viande, beaucoup de végétaux et quelques oléagineux.

— J'ai vu ça, dis-je en désignant la table de chevet derrière moi. Cela ne doit pas être courant de voir un homme manger du liquide pure noisette.

— Qu'est-ce que vous avez dit ? De la noisette ? Impossible. Vous n'imaginez pas le nombre de restaurants que j'ai dû annuler, à cause du fait qu'il n'était pas sûr d'utiliser de la noisette ou pas. Ce n'est même plus de l'intolérance qu'il a à ce niveau-là. La noisette, c'est sa kryptonite.

C'est à ce moment que je me décompose complètement. Toutes les pièces du puzzle se mettent en place.

Cet homme a essayé de se suicider. Ce que j'ai vu à l'extérieur n'était pas du tout des seringues utilisées pour de la drogue. Non, il a été bien plus intelligent. Il devait savoir qu'on aurait tout de suite imaginé qu'il se droguait, qu'il avait pris trop d'alcool ou des médicaments. Nos habitudes de diagnostic vont dans ce sens. Jamais il n'aurait pu imaginer que son manager parlerait de son intolérance aux noisettes. Dans un cas pareil, s'il a pris les précautions de se débarrasser de la seringue, il n'en a pas été de même pour les flacons restants. Il s'en est injecté, directement dans le sang, ce qui est le plus mortel pour lui. Il est en train de faire une réaction allergique d'une puissance incroyable.

Je reprends mon téléphone et je compose le numéro de Mia. Elle répond dès la première sonnerie et je lui explique ce qu'il se passe. Elle n'attend même pas mes instructions et me raccroche au nez. Je sais très bien qu'elle sait quoi faire dans cette situation. C'est ce que j'aime chez cette femme. Elle n'attend d'ordres de personne quand elle sait. Julia réagirait exactement de la même manière.

— Il va s'en sortir ?

— Vous avez intérêt. Je n'ai absolument aucune idée de ce que ce chanteur chante, mais sachez une chose, s'il a décidé de vivre une autre vie, vous n'êtes personne pour lui dire de changer. Nous n'avons aucun droit sur personne ici, à part nous. J'ai longtemps cru que je pouvais décider pour des dizaines de personnes proches de moi. Vous savez ce qui s'est passé à chaque fois que j'essayais ? Je les ai perdues. J'ai aussi fait beaucoup de mal à cause de ça. Je me suis entêté à avoir la finalité que je voulais, sans penser un seul instant à ce que l'autre souhaitait. Si votre ami n'a plus envie de chanter, laissez-le tranquille. Vous avez eu le flair avec lui, vous arriverez à dénicher un nouveau talent. Croyez-moi, il n'y a rien de pire que de se rendre compte que l'on s'est entêté pour tout bousiller ensuite. Je suis persuadé que vous n'êtes pas un mauvais gars. Vous avez peut-être même probablement cru que c'était pour le sauver. Qu'il avait besoin de retrouver la scène pour se rendre compte à quel point ça lui avait manqué. Mais ça ne marche pas comme ça. On ne peut obliger personne à souhaiter ce que nous, on veut. Il faut juste tout faire pour ne pas perdre ces personnes, juste parce qu'on les aime. Il peut rester votre ami. Vous n'avez pas besoin de travailler avec lui, de gagner de l'argent avec lui pour l'apprécier.

— Vous dites ça parce que c'est facile pour vous. Comme si les médecins n'avaient jamais de choix à faire. Tous les mois, vous avez un loyer qui est payé par votre salaire fixe. Aucune peur de l'avenir, de vos performances, de billetterie ou de météo.

— Non, chaque matin, j'ai juste peur de découvrir que sur le brancard qui va passer la porte des urgences, il s'agisse de quelqu'un que je connais. Je suis terrifié de me dire que je ne pourrai peut-être pas sauver l'enfant d'une famille parfaite, le petit frère d'une future héroïne qui a besoin de lui pour terminer de grandir sainement. Je suis terrifié à l'idée de passer à côté de quelque chose et laisser repartir quelqu'un qui au final n'est pas complètement soigné et mourra quelque temps après. J'angoisse à l'idée de rendre des enfants orphelins, parce que l'homme n'est pas surhumain et que je peux faire des erreurs. Je fais un métier où il est impensable de ne pas être bon. Tout le monde s'attend à ce qu'un médecin soit excellent, au-dessus de tout le monde. Mais est-ce seulement possible ?

— Je...

Le manager ne sait absolument pas quoi répondre à ce que je viens de lui dire. C'est tout à fait normal. Il y a encore quelques années, si un médecin ne m'avait pas lancé ça en pleine face, je serais resté complètement idiot. Avant de rencontrer Julia, je ne comprenais pas à quel point c'était effrayant de commencer une journée en tant que médecin. Je dirais même plus. Chaque personne portant une blouse blanche ou un uniforme de secouristes subit exactement la même chose que moi. Nous avons un rôle à jouer dans la société. Il est hors de question pour les autres de nous voir faiblir, hésiter ou rater.

Cependant, depuis que j'angoisse à l'idée de la voir elle sur un des brancards entrant dans le service des urgences, je comprends à quel point je me mettais et me mets toujours une pression incroyable. Je me souviens de chaque patient que j'ai soigné. Parfois, ce sont les frères, les pères et mères de ces personnes-là qui me reviennent en mémoire. Les hurlements de douleur, les pleurs de joie, et les regards terrifiés, les doutes… Des fragments de vie de ces personnes que je ne connais pas vraiment, qui ne pourront jamais se détacher de mon esprit.

— Je suis désolé.

Les excuses de cet homme ne servent absolument à rien, et pourtant elles me font du bien. C'est assez incompréhensible les réactions du corps humain !

— Nous devrions rentrer, j'ai d'autres vies à sauver aujourd'hui.

Il acquiesce et nous partons.

Sur le chemin du retour, je pense beaucoup à Julia.

Qu'importe l'endroit où elle est détenue, j'espère, je prie pour qu'elle reçoive un traitement meilleur que le calvaire raconté par cette inconnue.

Chapitre 6

Julia

Je suis exténuée. Au moment où j'étais en train de m'endormir, quelqu'un est venu dans la chambre. Je n'ai aucune idée de qui il s'agit. J'étais complètement épuisée et je n'ai pas réussi à ouvrir les yeux. J'ai simplement senti une piqûre dans le bras droit. Une sorte de vaccin. Cela ne m'a pas effrayé tout de suite, j'étais trop fatiguée pour analyser la situation. Mais maintenant, je trouve cela terrifiant. Pourquoi m'ont-ils vaccinée ? Est-ce vraiment ça ou du poison ?

Il y a quatre ans, j'ai vu un reportage sur des femmes vendues comme esclaves dans le nord du continent. Elles étaient bien plus jeunes que moi et elles n'avaient plus aucune famille, néanmoins, ils ne sont peut-être pas tous regardant sur la marchandise.

Rien que de m'imaginer comme un objet qu'on puisse vendre, j'en ai la nausée. Plutôt mourir que d'accepter ça.

Cependant, je n'ai pas l'impression que James est du genre à faire ça. Pour la bonne et seule raison qu'il n'a pas besoin d'argent. Il ne m'aurait pas séquestrée pour ça. Le problème, c'est que je n'ai aucune autre idée de la raison de mon enfermement prolongé ici. Il ne veut visiblement pas me parler et il envoie sans cesse cette femme ici comme si j'allais me confier à une inconnue qui, de surcroît, est angoissante.

— Alors ?

La voix de James me fait sursauter et j'ouvre les yeux.

Nous sommes dans une chambre très différente de celle où j'étais avant de m'endormir. Il est au-dessus de moi et ne porte qu'une simple chemise en lin. Une chaleur moite émane de lui et je baisse les yeux sur ma poitrine découverte. J'essaie de me cacher le corps de mes bras, mais il m'en empêche.

— Qu'est-ce que tu as, ma chérie ?

Je cligne des paupières sans comprendre ce qu'il est en train de faire. Pourquoi joue-t-il la comédie comme s'il ne s'était rien passé entre nous ? Je suis prête à répliquer une insulte quand je remarque que l'endroit derrière lui est familier.

— Pourquoi tu nous as amenés ici ?

Je le repousse et parviens à me redresser sur l'immense lit *king size* de l'hôtel luxueux que nous avions réservé pour notre nuit de noces, tout du moins l'un des lodges au bord du lagon. Je fixe nos valises pas encore déballées sur le côté de la chambre et remarque que celles-ci correspondent à l'identique de ce qui se trouve dans mes souvenirs.

— À quoi tu joues ?

— Je ne joue pas, Julia. Tu me fais peur ! Je sais que tu as un peu pris le soleil aujourd'hui, mais je ne pensais pas que cela tapait si fort. Tu vas bien ? Tu veux que j'appelle la réception ? Un médecin ?

— Je ne suis pas folle, James. Je suis médecin.

— Médecin ? Mon cœur, tu as arrêté tes études il y a de cela des années et je ne suis pas sûr que cela puisse beaucoup t'aider.

Je le fixe sans bien comprendre ce qu'il essaie de me faire avaler. S'il pense que je peux être aussi facilement manipulable, il se trompe. Je suis interne à L.A, j'ai bossé dur pour reprendre mon niveau et j'ai rencontré Dean qui…

Mes souvenirs s'embrouillent quand il me prend la main pour me ramener près du lit. Je commençais à faire les cent pas dans la chambre et son visage est tiré, inquiet.

— Je vais m'assurer qu'ils ont un médecin compétent, dit-il en décrochant le téléphone.

J'appuie sur le bouton qui raccroche avant même de le voir composer un numéro et il fronce les sourcils.

— Mon cœur, tu m'inquiètes. Ce n'est pas bon pour toi ni pour lui.

Je ne saisis pas bien la nuance et il est obligé de prendre ma main pour la poser sur mon ventre pour que je réalise ce qu'il vient d'insinuer. Sous ma poitrine, ma peau est tendue. Cela n'est pas flagrant de prime abord, mais je connais mon corps par cœur et je sais qu'il y a quelque chose là dessous. Je suis toujours nue en haut et je remarque de légères vergetures sur les bords de mes hanches.

— Je suis enceinte.

Je suis estomaquée. Mes jambes sont molles tout d'un coup et je tombe sur le lit.

— Bien sûr. Nous avons été ensemble à la clinique du docteur Mora. Une grande femme blonde qui te terrifiait parce qu'elle ne parlait pas pendant qu'elle s'observait dans un miroir.

— Dans une chambre jaune, dis-je.

— Tu te souviens !

Il s'est exclamé heureux que ça soit le cas, cependant, je ne suis sûre de rien.

— Ça sentait la cannelle et tu ne voulais jamais t'asseoir sur le lit, car tu disais ne pas être malade.

J'ai l'impression d'avoir de vagues souvenirs mais sans grande conviction. James me prend par les épaules pour commencer des petits massages par pression.

— Je t'avais dit qu'elle ferait des miracles, mais tu ne voulais pas faire les visites médicales chaque semaine et les rendez-vous gynécologiques pour être déçue ensuite. Nous avons donc eu un deuxième avis, celui de Maxence Leroy, un homme plus large qu'une armoire à glace et pas très causant non plus.

— Je le préférais, lui.

Il sourit.

— C'est exact.

— Mais tu as préféré me faire prendre Mora.

Je le critique en comprenant que la femme que j'ai prise à mon réveil pour une folle n'était autre que cette doctoresse, et l'homme à ses côtés le second médecin.

— Oui, mais pour ma défense, j'ai eu raison.

Je fixe le ventre arrondi et ne peux pas lui donner tort.

— Pourquoi je ne me souviens pas de tout…

Il grimace et se relève.

— Je ne vais pas t'en parler. Tu n'es pas prête.

J'ai l'impression d'entendre la voix du docteur Mora et je le suis en insistant.

— Si, au contraire, j'ai besoin de comprendre, James. Je suis en train de me réveiller en sueur dans un état de panique totale et j'ai l'impression que tu es…

— Un monstre, souffle-t-il, les larmes aux yeux.

Je me retiens d'acquiescer, comprenant à quel point cela doit le blesser. James sort de la chambre et je le poursuis. L'autre salle est différente de mes souvenirs, elle est plus grande et ne donne pas directement sur le lagon.

— Nous n'avons pas pu louer la même chambre exactement, souffle-t-il en voyant mon regard étonné. Mais même ça tu ne vas pas le croire, non ?

Je le regarde sans comprendre sa soudaine agressivité. Perdue, je le contemple sortir sur la terrasse où l'immense piscine à débordement m'inspire plus que la mer dans laquelle j'ai failli me noyer la dernière fois.

— James !

Il ne se retourne pas et je dois le suivre malgré mon vertige encore important. Le réveil a été sacrément brutal et je ne sais pas ce qui m'arrive. Mes muscles sont lourds et j'ai du mal à le suivre, c'est ça être une femme enceinte ?

— Qu'est-ce qui m'arrive, James ?

— De quoi tu te souviens ?

Il ne daigne pas lever les yeux sur moi lorsqu'il me pose cette question. Mes souvenirs se mélangent et je ne sais plus ce qui est vrai et faux.

— De notre mariage et… de Dean.

Il grimace, mais ne dit rien. Je choisis de continuer sur ma lancée.

— Tu es venu me rejoindre ici et nous avons terminé notre lune de miel amoureux, continué-je. Ensuite, j'ai repris le boulot et…

— Tu n'as jamais travaillé depuis qu'on se connaît, me coupe-t-il. J'ai essayé de te faire reprendre plusieurs fois, mais tu avais peur de ne pas être là pour ta mère et aussi d'oublier notre projet de bébé.

Je fronce des sourcils, pourtant j'avais l'air vraiment sûre de moi dans mon esprit.

— Pourquoi ma mère ?

Tout d'un coup, je me souviens de choses et d'autres : maladie, handicap…

— Son compagnon n'est pas bien, non ?

— Non… C'est elle qui est malade Julia. Ton esprit essaie de diriger la douleur sur quelqu'un d'autre qui n'a jamais existé. Elle a eu un accident de voiture quelques mois après notre arrivée à L.A. C'est d'ailleurs à cause de ça que tout le reste a…

Il se stoppe dans sa lancée pour mettre son visage dans ses mains. La tête enfouie loin de mon regard, je suis démunie. Je sens une détresse extrême venant de lui et je n'ai aucun moyen d'arranger cela.

— Pourquoi j'ai l'impression que tu ne me dis pas tout ?

— Parce que ta psychologue Tara m'a dit de…

— Tara ? Je me souviens d'elle. C'est une amie de poterie qui…

Il pousse un énième soupir désabusé et relève les yeux vers moi.

— Tara n'est pas une amie. Nous la payons depuis des mois pour te sortir de cette spirale infernale. C'est même elle qui a pensé qu'un bébé arrêterait cette torture que tu t'infliges.

— Non. Je me souviens bien de la poterie en forme de…

—… de petit éléphant qu'elle t'a offert, car tu ne cessais de la regarder sur son étagère durant vos séances.

Je ne trouve rien à dire et mon monde s'écroule. Toutes les certitudes que j'avais en me réveillant s'écrasent les unes après les autres et je me sens tout d'un coup prise d'une panique incontrôlable. James a l'air de le voir et se relève pour me serrer dans ses bras. Je n'ai aucune idée de ce qu'il se passe et je m'effondre en pleurs tandis qu'il souffle dans mes cheveux des mots réconfortants.

— Ça va aller, on va gérer cette crise comme toutes les autres, ensemble.

Je ferme les yeux et essaie de rassembler mes idées. Si James a raison, je n'ai plus aucun souvenir des dernières semaines ni de la façon dont je suis parvenue ici. Je n'ai pas la moindre idée des crises qu'il paraît gérer depuis un moment et j'ai besoin de savoir ce qu'il me cache. J'attends un moment avant de m'écarter.

Je m'assois sous son regard inquiet et après une grande inspiration lui demande de tout me raconter en détail sans rien oublier.

Même si à son expression, j'ai l'air de lui demander l'impossible, il s'y attèle pour me faire plaisir.

Il énumère alors la façon dont nous avons emménagé à L.A, certains détails me reviennent en mémoire, notre mariage également.

— Tu venais de réaliser qu'il fallait te trouver une activité quand tu es partie du loft pour faire une balade sur le bord de mer. Je savais que tu étais fatiguée à cause du déménagement, que ta mère te manquait, mais je n'imaginais pas une seule seconde que cette journée serait le début d'un cauchemar. Sinon j'aurais pris ma journée, mais bon… Les spécialistes me répètent de ne pas m'en vouloir. Que je ne pouvais pas prévoir ce qu'il allait arriver ce jour-là.

— Qu'est-ce qui s'est passé ?

Je n'ai absolument aucun souvenir de ce qu'il dit. Pourtant, j'ai l'impression que mon esprit essaie de se remémorer quelque chose.

— Tu étais en train d'observer les bateaux qui rentraient sur la marina. Je ne sais pas pourquoi tu étais là, tu as toujours détesté les voiliers.

Il a raison. J'ai du mal avec les bateaux. Je le fixe sans rien dire, persuadé qu'il va continuer son histoire. J'ai le souffle court, les idées complètement embrouillées et j'ai besoin de savoir ce qu'il se passe. J'ai l'impression que mon esprit fait complètement l'inverse de ce que je lui demande. Apeurée, je le regarde.

— Ce jour-là, ce n'était qu'une question de chance pour cette femme. Tu n'aurais pas dû voir cet accident.

Je déglutis. Je m'attends absolument à tout et c'est terrifiant.

— Il était en train de reculer son bateau… C'était un homme d'une soixantaine d'années, ayant son voilier depuis des années et très expérimenté. Lui non plus ne pouvait pas savoir.

Il s'éloigne un peu de moi pour réfléchir à la manière de raconter ce souvenir sans être trop agressif en quelque sorte. Je sais bien qu'il essaie de me ménager.

— Il revenait d'une balade avec sa fille et ses deux petits-enfants. Il était vraiment heureux et insouciant. Puis il t'a entendue hurler. Tu venais de voir une femme tomber entre le quai et lui. Son bateau était en train d'écrabouiller le corps inconscient d'une inconnue. Tu ne savais absolument pas quoi faire, tes années de médecine étaient très loin et tu n'avais pas beaucoup de force. Alors tu as hurlé durant des heures. Les pompiers ont essayé de t'arrêter, mais c'était impossible. Puis il y a eu ce médecin, Dean. Il n'aurait pas dû être là, il était déjà sous les coups d'une suspension pour agression sexuelle. C'était une mauvaise personne. Aujourd'hui, il n'est plus rien, il ne pratique plus. Tout ce que je sais, c'est qu'il passe son temps à taper sur un sac de boxe.

— Qu'est-ce qu'il m'a fait ?

Je suis complètement perdue. Comment j'ai pu me réveiller avec l'impression que j'étais amoureuse de ce Dean, si tout ce que me dit mon époux est vrai. L'altération de ma vérité, cette chambre sordide, avec cette femme qui venait me voir, cela ne colle pas. Ce n'est pas logique. Pourquoi mon mari aurait-il kidnappé sa femme alors que je rentrais chez nous ? D'ailleurs qu'est-ce que je faisais dehors ce soir-là ?

— Il a commencé à te dire que tu pourrais changer les choses, devenir médecin était la solution. Il t'a dit que tu pouvais commencer sous ses ailes. Ensuite, il a réussi à te procurer des médicaments pour que tu ailles un peu mieux et que tes angoisses se calment. Je pensais qu'il était quelqu'un de bien et je l'ai laissé faire. Je l'ai même invité chez nous un soir. Cependant, j'ai bien vu au fil des jours et des semaines qu'il n'était pas sain pour toi. J'ai commencé à faire mon enquête, j'ai pris un poste de conseiller à l'hôpital et j'ai appris des choses sordides à son sujet.

Je reste muette. Des flashbacks me reviennent en tête. Effectivement, il y a quelque chose dans mes souvenirs qui ressemble à une agression mettant en cause Dean. Un repas chez nous avec lui, des conversations étranges, James à l'hôpital.

— Je suis devenue droguée ?

— Oui. Cela n'a pas été facile de te voir dans cet état. Mais quand tu as commencé à vouloir un enfant, absolument tout a changé. Tu nous as donné une seconde chance, tu arrêtais de voir ce médecin étrange et j'ai vu que notre couple allait s'en sortir.

S'il dit ça d'un air convaincant, je ne perçois pas une seule once de vérité dans ses yeux. Pourquoi est-ce que je doute autant ?

— Cela a duré longtemps ?

James fronce les sourcils, ne comprenant pas ma question. Je décide donc de la reformuler :

— Ma relation avec Dean.

— Tu n'as jamais eu de relation avec lui.

Le ton agressif de mon mari me fait reculer instinctivement. Même si je n'ai absolument aucune idée de ce qui est vraiment vrai dans ma tête, une chose est sûre, j'ai peur de lui. Cela ne s'explique pas. Peut-être m'a-t-on lavé le cerveau ? Que ce médecin n'est qu'une ordure, mais James n'est pas tout blanc. Mon instinct me dit de ne pas me fier à tout ce qu'il dit. C'est peut-être complètement immature et la raison de notre situation actuelle, néanmoins, je n'arrive pas à lui faire confiance.

Une parcelle de moi me hurle même de fuir cette pièce. Sauf que je n'ai absolument aucune idée de notre arrivée ici et j'ai l'impression que mon esprit n'est pas très clair. James a raison sur plusieurs points, je suis faible et j'ai un problème. Je ne suis pas sûre que ce Dean soit le centre de mes soucis en ce moment. Ma poitrine est compressée comme si on appuyait dessus pour m'empêcher de bouger.

— Écoute-moi…

James me prend par le bras et m'oblige à me rapprocher de lui. Je sens son souffle chaud sur mon cuir chevelu et je déglutis. Quand je le regarde, aucune once d'amour ne transparaît dans mon esprit. Normalement, quand on aime quelqu'un, quelque chose se passe quand on pose les yeux sur lui. J'en suis persuadée.

— Je crois que je suis fatiguée.

Ma réponse ne lui convient pas. Sa mâchoire se contracte une fraction de seconde, il croit que je ne l'ai pas vu, mais je viens de l'énerver.

— Tu peux aller te baigner ou faire une activité, j'ai juste besoin d'un peu de sommeil, je pense.

— Non, tu n'as pas besoin de ça. Tu dois rester avec moi. Te souvenir des bons moments, de pourquoi tu m'aimes.

Je le fixe sans comprendre. Est-il vraiment en train de m'ordonner de rester avec lui ?

C'est là qu'une salve de souvenirs me tombe dessus.

— Qu'est-ce qu'il y a ?

J'ai dû grimacer sans faire exprès. Je tente de donner le change pour qu'il ne se pose pas de questions. D'un autre côté, j'essaie de trouver une alternative.

— Tu as raison, on doit faire quelque chose tous les deux. Il n'y aurait pas une activité de ski ou quelque chose dans le genre ? Peut-être de la plongée, pourquoi pas !

James paraît content de cette proposition.

— Je peux appeler la réception et leur demander.

— Très bonne idée. Je vais aller nager un peu.

— Non, tu ne sais pas nager, Julia.

Je reste sans voix. Vraiment ?

— Je reviens.

James rentre dans la chambre, sûrement pour appeler tout de suite quelqu'un capable de nous réserver rapidement une séance de plongée sous-marine. Je n'ai que quelques minutes devant moi et je n'ai absolument aucune idée de comment traverser l'eau sans savoir nager. Impossible de faire demi-tour et de traverser le lodge, puisque James est à l'intérieur. Je m'avance sur la terrasse et observe la construction de notre suite. La cabane sur pilotis n'a pas l'air d'être mise dans de l'eau très profonde. Si je saute et que je m'accroche aux morceaux de bois, il me sera facile de rejoindre le ponton. Mais James peut m'entendre si je fais ça. C'est le risque.

N'ayant rien à perdre, j'enjambe la barrière de bois et me laisse glisser pour arriver jusqu'à l'eau. Ne sachant pas si je sais nager, je reste accrochée au bois. Tel un petit singe, je me hisse jusqu'au ponton. Je ne suis pas habillée, mais la jupe fluide que je portais m'offre un t-shirt improvisé quand je monte sur la passerelle. Ma culotte ne détonne pas avec toutes les femmes qui doivent se promener en maillot de bain ici. Légèrement vêtue, je marche en direction d'un grand bâtiment comme si de rien n'était.

À chaque pas, je suis terrifiée d'entendre la voix de James. Il est évident qu'il n'allait pas me laisser longtemps toute seule sur la terrasse.

En sueur, paniquée et à bout de souffle, je suis à deux doigts d'atteindre le grand bâtiment quand une pression au niveau du cœur m'oblige à m'arrêter. Je suffoque, tremble et tombe d'un seul coup avec l'impression de me noyer.

— On la perd, hurle une voix féminine.

Je ne sais pas d'où elle vient, mais elle m'offre un vent de panique avant que je sombre dans une complète inconscience.

Chapitre 7

Dean

Je suis à peine entré aux urgences que le brouhaha reprend sa place dans mon esprit pour me reconditionner aux longues heures qui m'attendent avant la fin de ma garde.

— Dean ! Urgences à la 12 !

Je me mets à courir en me mettant dans la tête que je suis parti pour une nuit agitée et que Julia doit disparaître de mes pensées.

C'est en observant l'homme au nez ensanglanté, trempé de la tête au pied par l'orage qui s'est mis à gronder dehors, que les premiers mots que j'ai lus de mon inconnue ressurgissent dans mon esprit.

« Cher journal, aujourd'hui il pleut dehors. Je n'ai jamais aimé la pluie. Petite, on m'avait dit que les poules pouvaient mourir noyées à cause d'elle. Tu te rends compte ? Combien la pluie a-t-elle fait de victimes ? »

Je souris, elle n'a pas que des réflexions angoissantes. C'est même le contraire. Elle essaie de relativiser quoi qu'il arrive, pour ne pas paniquer face à son triste quotidien. Je n'arrive pas à savoir s'il faut se sentir malheureux pour elle ou sourire face à ses remarques ironiques. Dans ses mots, il me paraît clair qu'elle ne sait plus très bien ce qu'elle ressent.

« *Aujourd'hui, j'ai pu sortir. Mon état me le permet et j'en avais besoin. Il m'a accompagnée sans un mot. Je n'ai pas osé parler. Il est pensif et je n'aime pas ça. Un homme devrait pouvoir partager ses pensées et réflexions avec une femme.* »

L'homme qu'elle mentionne est souvent dans ses pages. Elle a l'air de l'apprécier et de le respecter, même si une partie de ses actions l'énerve. Au début, j'ai cru qu'elle en avait peur, mais au fil des pages, j'ai trouvé ses sentiments changés. J'imagine Julia me décrire de la même façon que cette femme.

— Docteur ?

Je relève les yeux vers la petite fille de l'homme au nez tordu.

— C'est plus impressionnant que grave, déclaré-je.

— Braiment ?

Il essaie de dire « vraiment » sans y parvenir.

— Mon collègue va venir réparer ça, bonne journée.

Je coche une case dans son dossier et pars. Je ne suis pas un professionnel pour remettre les nez en place. Je tapote l'épaule de Owen pour lui signaler son futur patient.

— Et toi, tu as un gorille qui t'attend, me souffle-t-il.

Je fronce les sourcils et m'apprête à regarder dans sa direction quand Adel, l'ambulancière de la 21, me cogne dans l'épaule.

— Dean ! Je voulais justement te parler de Julia et…

En la fixant, je vois qui m'attend de l'autre côté de la pièce. Mon cœur s'arrête un instant de battre quand je réalise qui est entré dans un hôpital, lui qui déteste ça.

En effet, dans le coin de la salle principale des urgences, Mark. Les bras croisés, il m'observe sans esquisser un seul mouvement.

Si Julia n'a pas réussi à disparaître de mes préoccupations, la peur, elle, avait pris du large. Sauf qu'en le voyant, tout revient. Adel à côté de moi répète sa question et tout d'un coup, je ne sais plus quoi lui répondre.

— Elle va bien ?

— Elle…

Que dois-je dire ? Je panique et la fixe sans la voir.

— Comment Julia a pu partir autant de temps pour des vacances ?

Elle doute de la version officielle et je préfère l'interroger sur ce qu'il se passe de son côté. J'ai entendu des rumeurs dans la salle des infirmières et j'ai bien envie de soulever ça au lieu de m'enfoncer dans des mensonges impossibles.

— La 21 se porte bien ? J'ai l'impression que vous avez eu des défections, non ?

Elle rougit légèrement et je sens qu'elle ne répondra pas à la question, ce qui m'arrange vu qu'elle n'insiste pas sur la sienne.

— Je dois y aller, ça a été un plaisir, prends soin de toi.

Adel n'a pas le temps d'en rajouter que je m'éloigne déjà. Je passe à côté de son collègue Speedy et vois mon ami le toiser avec animosité.

— Un gars à problème celui-ci, me souffle Mark en l'observant du coin de l'œil quand j'arrive à sa hauteur.

Je contemple rapidement Speedy, ayant travaillé quelques fois avec lui ces derniers jours et hausse les épaules avant de répondre à Mark :

— Comme nous l'avons tous été, non ? Il bosse plutôt bien et est réglo selon sa collègue que je connais bien.

Il fait une moue songeuse avant d'ajouter :

— Je vais quand même me renseigner sur lui, histoire d'être sûr que James n'a pas demandé à ce petit de te surveiller.

Je ne le contredis pas, il a toujours fait de la veille de malfrat. Il aime savoir ce qui nous attend quand on met les pieds quelque part.

— Pourquoi t'es là ?

Il plisse les yeux. Je ne suis pas dupe. Si Mark pose ses fesses dans un des lieux qu'il déteste, de plus pendant mon service, c'est qu'il a quelque chose à me dire. Sûrement peu réjouissant pour ne pas pouvoir attendre la fin de ma journée.

— Sy a des infos sur elle.

Je recule par réflexe, surpris et à la fois effrayé de ce que cela peut signifier.

— Vraiment ?

Il acquiesce avec un micro sourire.

Mes yeux s'illuminent en comprenant qu'il ne vient pas m'annoncer une terrible nouvelle comme je l'ai cru un instant. Je le pousse dans une des chambres vides à côté de nous pour éviter les oreilles indiscrètes qui traînent toujours dans un hôpital et il se laisse guider sans rien dire. Il a toujours l'air si peu aimable que personne ne s'approche de lui, cela évite les questions sur le moment. J'ai à peine fermé la porte qu'il lâche froidement :

— Sa voiture a été retrouvée dans l'Hudson.

J'écarquille les yeux. Mon cœur se serre avant de rationaliser. Il a simplement parlé de sa voiture, pas d'elle. Hudson… Le mot tourne un peu dans ma tête avant que je ne réalise.

— Tu veux dire de l'autre côté du pays ?

— Oui. Une indic à moi, plutôt chouette nana, m'a trouvé des infos. James a renoué avec ses démons à L.A.

— Combien de gars ?

— Plus gros qu'à l'époque. Il a réussi à trouver des petits chiens dans pas mal de secteurs.

— Qui est ton informatrice ?

— Une certaine Lizzie. Elle est dans les courses illégales et s'amuse à faire des convois illicites de voitures de temps en temps si c'est bien payé. C'est ce qu'elle a fait pour la voiture de Julia.

— Abîmée à la réception ?

— Pas de ce qu'elle m'a dit, mais nous devons être plus prudents, elle se sent surveillée, sûrement par James ou un de ses sbires.

— Tu la revois quand ?

— Aucune idée. Elle est plutôt méfiante et je préfère ça. Sy est parti pour l'Est histoire de vérifier là-bas avec nos indics.

Ce qu'il veut me faire comprendre, c'est qu'il est possible de retrouver le corps de Julia là-bas. Même si je ne veux pas le croire et que j'imagine que cette magouille est le plan parfait de James qui se met en place, ma poitrine est tout d'un coup plus lourde.

— Tu voulais me dire quelque chose au téléphone, non ?

J'hésite à lui parler des lettres, mais je n'ai pas envie de le détourner de ses recherches pour Julia. De plus, je suis le seul à ne pouvoir rien faire puisque James me surveille sans cesse, ce qui m'oblige à tourner en rond. Résoudre cette histoire de journal ne peut que m'aider à ne pas devenir fou.

— J'avais besoin de nouvelles, mentis-je.

— On n'en a pas vraiment.

Il a raison, mais savoir que sa voiture a été retrouvée et qu'il a réussi à trouver une femme travaillant plus ou moins pour James est un bon début. Notre plan n'était pas de perdre Julia, mais cela ne change rien à nos objectifs. On doit simplement s'assurer qu'elle ne sera pas touchée à la fin.

— Tout va bien se passer, dis-je pour nous rassurer.

Le réalisme de mon ami l'oblige à rajouter :

— C'est tout ce qu'on espère du moins.

Je lève les sourcils un peu excédé de voir autant de pessimisme autour de moi quand je me souviens n'avoir toujours pas rappelé Tara.

— La version de son départ n'a pas changé ?

— James dit toujours qu'elle est en vacances chez sa mère après une dépression liée à l'arrêt de démarche pour l'adoption.

Il est au courant du moindre changement d'informations alors je le crois.

— Je vais pouvoir appeler Tara alors, elle va finir par me rendre fou sinon.

— Prends un autre téléphone que le tien, lâche-t-il comme si j'étais un bleu.

— Avant, j'ai des vies à sauver, bouge un peu.

Il acquiesce et sort de la chambre, me laissant seul avec mon mal de ventre.

Où est-ce que tu es, Julia ?

Chapitre 8

Julia

Quand je rouvre les yeux, je prie pour ne plus être dans cette altération de la vérité, avec James comme parfait époux et Dean montré tel le monstre de l'histoire. Sauf que si.

J'ai à peine posé les yeux sur le plafond que je reconnais le lodge. À côté de moi, James parle avec une femme, blonde, élancée et terrifiante. C'est celle que je vois venir chaque matin dans ma chambre.

— Qu'est-ce que tu as fait ?

— Rien.

— Si, ne me mens pas. Elle a l'air d'avoir une semaine de sommeil de retard et elle transpire comme elle ne l'a jamais fait. Tu ne l'as pas droguée ?

Je panique. Est-ce le résultat d'une drogue qui me plonge dans cet univers parallèle ?

— J'ai simplement aidé le processus.

— Tu te moques de moi ?

Elle s'apprête à lui répondre quand mes clignements de paupières se font remarquer.

La femme s'immobilise et James m'offre un sourire hypocrite.

— Rendors-toi Julia, tout va bien.

Quel euphémisme ! Je décide de clore mes yeux pour réfléchir à un plan de bataille.

Si je suis en train d'halluciner, il doit y avoir un moyen de sortir d'ici. Retrouver la réalité par une porte de sortie. Je dois faire comprendre à mon esprit qu'il n'est pas en train de voir ce qu'il faut.

— Viens !

James prend la femme pseudo infirmière par la main pour sortir de la chambre. Quand ils ouvrent, ce n'est pas un lagon bleu océan que je vois, mais un mur industriel blanc nacré. Mon hallucination perd en force. Je décide de me lever sans y arriver au départ. Mon corps est lourd et j'ai l'impression d'être collée au lit.

— N'oublie pas, si tu hallucines, c'est que cela se passe dans ton subconscient. Ce qui veut dire que tu peux décider de tout ce que tu fais sans aucune entrave physique.

En ayant chuchoté cela tout haut, je parviens à me redresser et à m'asseoir sur le lit. Une fenêtre que je n'avais jamais vue auparavant m'offre la porte de sortie idéale sans prévenir James et compagnie. Je n'hésite pas un instant et commence à l'enjamber avant d'arriver dehors. Cette fois-ci, je suis habillée d'un jean et d'un t-shirt. Je me mets à courir pieds nus quand le sol se met à bouger. Je suis prise de vertige et je comprends que cela provient de mon envie de vomir.

— Tu hallucines, Julia. Ton corps essaie de se battre contre la drogue et cela provoque des vomissements. Tu dois vite sortir de là pour l'aider à s'en débarrasser !

La voix de Dean sort de nulle part et sans ralentir, je traverse son corps tout juste matérialisé devant moi.

Je suis prête à hurler quand il sourit :

— Je ne suis qu'une projection de ton imagination. Je suis là pour t'aider à t'en sortir !

— Comment ?

Il me tend la main et m'invite à la prendre. Voyant que je ne réagis pas, il se met à hurler :

— Prends ma main !

Je le fixe sans savoir quoi faire. Question confiance, j'ai dû mal à avoir un avis sur James ou lui. Je souhaite m'en sortir seule et ne pas avoir à me reposer entièrement sur l'un ou l'autre. Qui me dit qu'il n'est pas aussi vicieux et manipulateur que le premier ? Peut-être que James a raison et que je deviens folle ?

Dean lit ces questionnements dans mon esprit et s'empresse d'ajouter :

— Qu'est-ce que tu désires vraiment ? Une vie à sauver des personnes qui ont besoin de toi ou attendre sagement ton époux qui aime tellement son métier qu'il t'oublie le soir. Tu veux être le trophée d'un homme ou ta propre héroïne ?

— Pourquoi tu me demandes ça ?

— Parce que c'est ce que tu m'as balancé la première fois où je t'ai demandé ce que tu faisais à l'hôpital. Tu es une guerrière, une femme indépendante, incroyablement forte et dévouée aux autres. Jamais tu n'aurais laissé une femme se noyer comme il le dit. Tu n'es pas manipulable et tu n'as besoin de personne pour te dire qui tu aimes. Ta mère va bien, elle est comme toi et s'occupe d'un homme parce qu'elle l'aime et l'a choisi. Tara t'a écoutée et vit sa vie comme elle le veut depuis votre rencontre dans une activité poterie qui n'était pas ton talent caché. Tu voulais faire un cheval, mais tu étais tellement nulle que Tara a réussi à le rattraper en éléphant.

— Comment tu sais tout ça ?

— J'aimerais pouvoir te dire que c'est parce que je suis la personne qui te connaît le mieux sur terre, mais c'est faux. James nous a arrachés l'un à l'autre avant de pouvoir l'être.

— Alors qui es-tu ? Comment peux-tu connaître tout cela ?

— C'est ton subconscient qui te parle Julia. Il veut te réveiller, car tu es en danger. Dans la réalité, on est en train de s'amuser sur ton corps jusqu'à ce que tu ne puisses plus supporter les doses qu'on t'injecte. Une partie de toi le sait. Tu dois te battre contre tout ce que tu vois. Pour ça, tu dois commencer par prendre ma main et ensuite frapper chaque faille de leur histoire. Tout n'est qu'un pur mensonge qu'ils ont créé.

De retour dans une autre réalité, je tente de poursuivre mon combat.

Je me mets à courir quand je vois James à l'opposé du ponton.

— Elle essaie de se suicider, au secours, aidez-moi !

Mes pieds dévalent chaque planche en espérant reconnaître une des failles dont Dean m'a parlé. Sauf que je ne vois rien.

En plus, tu ne sais pas nager.

Une des affirmations de James me revient en mémoire. C'est faux. Je suis une bonne nageuse et je n'ai jamais eu peur de l'eau. Sans réfléchir, je fonce tête baissée vers l'eau. Si je dois me noyer pour arrêter de délirer au moins cela servira à quelque chose. Quand je plonge, mes réflexes physiques me prouvent qu'il avait tort, je sais nager. Mes mains fendent la surface de l'eau et j'ai l'impression d'entrer dans une bulle d'oxygène pour étouffer à nouveau.

Je suis dans une pièce sombre gorgée de liquide gluant et c'est le visage de ma mère que je vois au fond.

— Maman ?

Je suis soulagée de la voir debout. Je m'approche, mais elle me demande de rester à ma place.

— Qu'est-ce qu'il se passe encore ?

— Je ne suis pas ta mère. Julia, tu dois m'écouter. Ton esprit est en train de perdre la partie. Si tu ne te réveilles pas, tu n'y arriveras pas.

— Mais j'essaie ! J'ai sauté dans l'eau pour ça !

— Ça ne sert à rien de sortir de ta léthargie pour te laisser mourir à petit feu dans cette pièce. Tu dois sortir, fuir ce malade !

— Comment ?

— Tu trouveras. Tu dois juste y croire.

Elle disparaît alors dans un nuage étrange, et moi-même je perds la vie. La pièce autour de moi s'évapore.

J'ai l'impression qu'on hurle mon prénom au loin.

— Je suis là Dean… je suis là…

Je souffle ça quand je sens des doigts se poser sur ma joue.

Des voix gâchent le cri d'espoir qui résonne dans ma tête.

— Cela ne marche plus. Donne une nouvelle dose, lâche une femme.

— Hors de question sans l'aval de James, ça pourrait la tuer.

— Je t'ai dit de lui en redonner une.

— Il n'y en a plus, tonne une autre voix masculine que je ne reconnais pas.

— Alors on va en chercher avant qu'elle ne reprenne vraiment conscience.

Je me recule par réflexe en ouvrant les yeux et la femme qui est au-dessus de moi ne paraît pas étonnée de me voir réagir avec peur. Elle est encore là. Je n'en peux plus de la voir et je tape des pieds pour lui faire comprendre qu'elle doit s'éloigner. Elle le fait doucement et s'assoit en face de moi sans sourciller.

Je suis prête à hurler quand elle pose son index sur sa bouche. Un sourire s'étire quand elle voit que je lui obéis.

— Nous avons encore du temps, souffle-t-elle aux hommes dans le couloir.

Elle se lève et sort en fermant la porte.

Je suis exténuée et j'ai mal partout. Mon ventre semble à des années-lumière de mes mains et je sens que la pièce tourne autour de moi. Je ne veux pas retourner dans ce cauchemar, je dois garder les idées claires. Je fixe les deux seringues à côté de moi et comprends qu'on est en train de me droguer pour me faire perdre la tête.

Pourquoi me garder prisonnière ici et m'infliger ça ?

Julia, ne panique pas, pensé-je pour ne pas provoquer une crise d'angoisse qui pourrait me faire perdre pied. Il est hors de question que je quitte à nouveau la réalité. Il faut que je trouve un point d'ancrage comme Dean me l'a conseillé. Je dois me maintenir ici, dans ce présent. Je grimace, souffrant du bas ventre.

Il se tord sûrement à cause du manque de nourriture, tout du moins j'espère que ce n'est pas plus grave. Ma tête est lourde. J'essaie de me poser comme je le peux contre ce mur, attachée sans possibilité de bouger quand la terre bouge.

Je sursaute et me rends compte que nous sommes encore en train de bouger. Est-ce mon esprit ou le sol qui se dérobe réellement ?

— Dean, je ne veux pas y retourner, sangloté-je.

Il se matérialise dans mon esprit et me dit d'un air rassurant :

— Julia, ne m'oublie pas. Quoi qu'ils te disent, rappelle-toi à quel point je t'aime.

La phrase que m'a répétée Dean avant que je ne sorte de sa voiture pour rejoindre James le soir de mon kidnapping s'incruste dans mon esprit pour ne pas offrir une possibilité à cette folle d'entrer une nouvelle fois dans mon subconscient.

À ses côtés, ma mère bien valide et en bonne santé me chuchote :

— Nous t'aimons, Julia. Tu n'es pas seule.

Avec cette certitude, je fais mine de me rendormir, bien décidée à sortir de cette pièce coûte que coûte.

Chapitre 9

Dean

— Vous rigolez ? Je dois continuer à faire comme si tout allait bien alors que vous n'avez absolument aucune nouvelle de Julia ? Aucune piste ! Rien !

Personne ne me répond au bout du fil. Pas un seul de mes amis n'a osé me dire ça en face. Je suis tout seul dans la salle de sport. Je raccroche sans dire un mot de plus et écrase mon poing sur le sac le plus proche. Sans aucune protection ni bandage, je sens la douleur venir d'un coup. C'est ce dont j'avais besoin. Je martèle le matériel avec une force décuplée.

— Monsieur, Monsieur !

Cette femme me hurle dessus. Comme si j'avais envie de parler à quelqu'un ! J'arrête dans un grognement assez mauvais et me retourne vers elle prêt à lui en coller une.

Il s'agit de la femme de l'accueil, visiblement angoissée de devoir m'arrêter dans ma lancée.

— Je suis désolée, mais une femme vient de laisser quelque chose pour vous. Je me suis dit que vous aimeriez peut-être la remercier.

Ni une ni deux, je fonce à l'entrée pour voir de qui elle parle. Est-ce la femme au carnet ? Quand je vois l'écriture sur la lettre posée sur le comptoir, je comprends qu'il s'agit bien d'elle. Hors de question de la louper. Je sors en courant du hangar pour apercevoir une silhouette entrant dans une belle voiture. Je m'élance dans sa direction, mais c'est déjà trop tard. Les nombreux chevaux sous le capot de l'engin mettent rapidement une distance entre elle et moi.

De dos, elle ressemble à bien des femmes que j'ai pu connaître. Elle a l'air plutôt mignonne et avait une démarche déterminée.

Je jure en essayant de retenir le numéro de la plaque en sachant pertinemment que ma mémoire de poisson rouge n'y arrivera pas.

Je compose donc le dernier numéro qui s'affiche sur mon téléphone. Avant de retourner dans la salle de sport et de récupérer le colis qu'elle a déposé, j'essaie de me remémorer la plaque. Le contact que les gars interrogent souvent pourrait peut-être m'aider à retrouver la propriétaire de cette voiture. J'indique les chiffres dont je me souviens sans être trop sûr de l'intégralité puis je rentre dans la salle.

La femme de l'accueil me regarde sans trop savoir si elle a eu raison de me le dire. Je la rassure tout de suite :

— Merci beaucoup pour votre promptitude à prévenir. Malheureusement, je ne cours pas assez vite.

— On ne peut pas avoir un excellent crochet du droit et être un marathonien.

— Je dirais même un sprinter.

J'essaie de faire l'homme totalement détaché de ne pas avoir vu cette femme. Mais la vérité est que cette quête commence à m'épuiser.

Pourquoi veut-elle me faire lire des passages de son journal intime, sans me faire connaître son identité ? Je ne comprends pas sa démarche.

Je m'éloigne avec le paquet.

Pour l'ouvrir, je préfère être seul, ne sachant pas vraiment ce qui m'attend. En temps normal, je serais carrément rentré chez moi, mais l'envie de l'ouvrir est trop forte. Cela me démange de le déchirer devant elle sans attendre et je prends déjà sur moi pour me diriger calmement vers les vestiaires.

Je devrais tout de suite arrêter ce jeu de piste malsain. C'est peut-être une malade qui s'amuse à me faire tourner en bourrique parce qu'elle voit que je ne vais pas bien à l'hôpital. J'ai pensé à absolument toutes les infirmières, les aides-soignantes et les médecins. J'ai même envisagé le fait que ce soit un homme. Et en même temps, il y a quelque chose d'extrêmement familier dans ce carnet. J'ai l'impression de presque connaître la personne qui a écrit ses mots.

C'est devenu tellement évident que je dois apprendre d'identité de cette femme. Je n'arrive pas à me dire qu'elle restera inconnue. Je n'ai aucune nouvelle de Julia, l'affaire n'avance pas et je commence à me demander si je la retrouverai un jour. Je ne peux pas en plus ne pas trouver une solution à ces carnets. La femme qui écrit ces mots semble se sentir extrêmement mal, et si je peux venir en aide à quelqu'un, je vais le faire.

Quand je déchire le papier kraft qui entoure ce petit paquet accompagnant la lettre que j'ai reconnue, je découvre avec effroi ce qu'il contient.

La veste. Cette fameuse veste qu'un certain article de journal, toujours dans mon portefeuille depuis tant d'années, cite. Une veste que je n'ai pas réussi à oublier et que Jenny a emportée avec elle. Le soir où James lui a ôté la vie, c'est ce qu'elle portait.

C'est alors que je comprends absolument tout. James s'est joué de moi encore une fois. Il a sûrement réussi à amadouer une infirmière pour qu'elle me glisse ces lettres dans mon casier.

Dans quel but ? Peut-être pour que je ne m'occupe pas de l'affaire de Julia ou, tout simplement, pour me torturer une nouvelle fois.

Je tombe des nues. Mes jambes tremblent et je sens des sanglots remonter à la surface. Des émotions que j'ignore depuis des semaines. Je me suis attaché à cette femme qui écrivait ses lettres, et au final, il n'y avait que James. Rien d'autre que cette ordure. Comment ai-je pu croire que cela n'avait pas de rapport avec lui ? Je suis aussi stupide qu'il semble le penser. Amer, je jette la veste dans la première poubelle venue. Je prends toutes mes affaires et me dirige vers ma voiture. Il est hors de question qu'il continue à jouer avec mes nerfs. Dès demain, je reprends les choses en main.

Quand je rentre chez moi, je n'ai qu'une intention : prendre une bonne douche et me coucher. La seule chose qui a toujours réussi à me calmer, c'est la boxe et le sommeil. J'ai tenté la première et on est venu bousiller mon entraînement. Je n'ai donc plus que la deuxième solution pour essayer de trouver un semblant de paix intérieure pour la soirée.

Je tourne les clés dans la serrure de ma porte d'entrée, aucun clic ne résonne, elle n'est pas verrouillée. Je trouve cela étrange que j'ai pu oublier de fermer mon appartement.

Je suis plutôt du genre très pointilleux sur la sécurité. Surtout avec des relations du genre de James. Je pousse doucement la porte et pose mes clés sur le petit meuble à l'entrée.

De loin, j'aperçois la cuisine qui est allumée.

Quelqu'un est dans mon appartement. J'en suis persuadé et j'hésite à appeler la police. Sauf que mon instinct m'a toujours hurlé de ne pas leur faire confiance. Depuis des années, je me cache et j'ai réussi avec brio à n'attirer l'attention d'absolument personne, ce n'est pas pour faire tout foirer maintenant.

Les mains tachées de sang après ma petite session d'énervement à la salle de sport, je suis prêt à me défendre une nouvelle fois. J'enlève ma montre de valeur que je pose juste à côté de mes clés. Ensuite, d'un mouvement du pied, je ferme la porte d'entrée. Hors de question de tourner le dos à la personne qui s'est introduite dans mon appartement. Il est fort probable qu'elle m'attende dans un coin pour me sauter dessus. Je ne suis pas né de la dernière pluie et j'ai un bon passif en termes de bagarre.

Un poing serré et une main prête à frapper sur la tranche, je m'avance dans l'appartement. Le silence qui règne est presque trop parfait. En premier lieu, je vérifie le bureau à ma gauche. Comme toujours la porte est fermée à clé et l'intrus ne semble pas avoir réussi à trouver le moyen de s'y infiltrer. J'en suis assez fier ayant toutes mes données les plus importantes dans cette pièce.

En temps normal, quelqu'un se serait tout de suite précipité vers la cuisine. Tel un papillon de nuit, le propriétaire des lieux s'avance vers la lumière. C'est une erreur à ne pas faire. Le cambrioleur connaît exactement le tracé de sa victime si celui-ci fait ça. Le fait que la cuisine soit allumée n'est pas anodin. Quand on veut être discret, ne pas attirer l'attention du propriétaire, on fouille avec une lampe torche.

Il n'y a aucune raison pratique pour allumer la lumière dans cette pièce. Elle dispose de deux immenses puits de lumière qui permettent suffisamment de se mouvoir dans la pièce.

Persuadé de ne pas l'avoir allumée aujourd'hui, je sais pertinemment qu'il y a quelqu'un. Pourtant, je dois avouer que ce silence glacial est presque déroutant. La personne qui partage mon appartement à l'heure actuelle est d'une discrétion sans nom.

J'ai affaire à un vrai professionnel. Cela n'est pas forcément une bonne chose pour moi. Même si je sais me défendre et que mes cours de boxe peuvent me servir, je ne suis qu'un médecin. Je soigne les plaies, je ne les cause pas.

J'essaie de détendre ma mâchoire comme au début d'un combat pour éviter de me retrouver avec une partie du visage fêlé. Rien ne garantit l'état dans lequel je vais sortir de cet appartement, néanmoins, je suis prêt à me défendre.

Avec une vitesse étonnante, je traverse le couloir pour n'offrir qu'un laps de temps très court à mon agresseur pour m'intercepter devant la chambre d'amis, dont la porte est ouverte. Je me plaque contre le mur et observe le salon. Personne.

Aucun bruit ni mouvement depuis que je suis entré.

J'avance furtivement vers la cuisine sans voir la moindre trace. J'éteins la lumière par prudence. Je connais parfaitement les lieux et n'ai pas besoin d'une grande luminosité, à la différence de cet intrus.

Mais lumière ou non, je ne suis pas prêt à découvrir la personne qui vient de se faufiler chez moi par effraction.

Mon esprit se bloque, ma bouche se paralyse et mes bras tremblent tandis qu'une femme d'une trentaine d'années, les cheveux blonds et le sourire espiègle se dévoile devant moi.

Il n'y a que la lune pour l'éclairer, mais c'est suffisant pour la reconnaître.

Aucun doute possible.

— Jenny, soufflé-je sans y croire.

Elle n'a pas besoin de me répondre pour que je sache que l'amour de ma vie revient d'entre les morts.

Chapitre 10

Julia

Je mords le lien autour de mes lèvres. J'ai réussi à sortir de cet état second qu'elle m'a provoqué en m'injectant tout un tas de cochonneries.

Néanmoins, le plus gros reste à faire.

Les lacérations entre chaque interstice frottent la corde et je retiens un énième gémissement. Hors de question de montrer à cette ordure à quel point je souffre. Ces jeux sordides l'amusent peut-être, mais pas moi.

— Tu ne devrais pas t'agiter comme ça.

Elle m'observe et j'ai envie de lui cracher dessus. Si seulement je pouvais le faire en réalité... mais les liens qui plaquent mes mains contre le mur froid de cette chambre et les pieds cloués au sol par une chaîne m'empêchent d'esquisser le moindre mouvement.

— J'ai dit à James de t'installer dans le lit, mais il n'a pas confiance, souffle-t-elle.

Elle essaie de se faire passer pour mon amie, mais je n'en peux plus de son cinéma. Elle me croit assez idiote pour croire qu'elle a de bons sentiments envers moi ? Je me souviens très bien de son visage maintenant. En me réveillant, j'ai eu une révélation tout d'un coup, comme si la drogue avait aidé dans la révélation de mes souvenirs. Cette blonde élancée au regard perçant, je l'impression de l'avoir déjà vue. Il y a de cela une dizaine d'années sur la côte est. Son visage m'est familier, car j'ai passé plusieurs semaines à échanger avec elle ou avec une femme qui lui ressemble beaucoup quand je déjeunais dans le restaurant où elle travaillait. Peut-être que je n'ai pas tout de suite fait le lien, car elle a changé de couleur de cheveux et elle paraît plus vieille qu'avant, mais c'est possible, car James comme moi, on vient de la côte est.

— Je ne te veux aucun mal, tu sais. Je suis dans la même situation que toi.

Elle dit ça en étant complètement libre de ses allées et venues, en me piquant avec des aiguilles contenant je ne sais quoi, en parlant avec James dans la connivence…

Qu'est-ce que c'est ironique de dire à une prisonnière qu'on lui ressemble avec la liberté en plus.

— Tu es où ?

La voix de mon mari – ce titre m'écœure, mais c'est bien la réalité – s'élève loin de la pièce où je me trouve. Je pense être dans un loft de deux étages.

Je n'ai aucun souvenir de la façon dont j'ai atterri ici et la durée de mon enfermement est très floue à cause des injections de drogue. Plusieurs jours, semaines probablement, mais je ne sais rien d'autre.

— J'arrive.

Ma colocataire de certains jours sort de la chambre sans fermer complètement la porte. Elle fait ça de temps en temps et je ne sais pas si elle le fait exprès pour m'offrir des morceaux de leur conversation ou si elle est juste un peu négligente. Le dernier point ne m'étonnerait pas, mais je ne peux rien avancer avec certitude.

— Tu vas pouvoir la sortir de là bientôt ?

La femme prend ma défense, ce qui arrive souvent lors de leur conversation.

— Non. Il n'a pas l'air de s'inquiéter de son sort. Il préfère se perdre dans notre jeu de piste, comme nous l'avions prévu. D'ailleurs, tu ne devrais pas y être ? Il sait que tu es partie.

Je mords la corde dans ma bouche pour me retenir de pleurer. Ils parlent de Dean, j'en suis sûre. Je l'imagine seul, paniqué et culpabilisant de m'avoir laissée entrer dans ce foutu appartement.

Est-elle en train d'obtenir ses faveurs pour ensuite lui faire du mal ? Quelle femme abjecte pourrait faire ça pour le compte de James ? Dean ne lui a rien fait à elle !

Rien que de penser à lui et mon cœur saigne...

Parfois, dans la nuit quand je somnole, je l'imagine rentrer dans la pièce, et puis tout d'un coup, la réalité revient. Il n'est pas là et peut-être que je ne le reverrai jamais.

J'essaie de refaire les mêmes rêves que lors de notre quarantaine. Mon esprit souhaite l'imaginer amoureux, avec moi, nous évadant dans une bulle, mais je n'y arrive plus. La fatigue et la peur me bloquent et je ne peux que fixer durant des heures cette chambre glauque qui est mon nouveau chez-moi. Si je n'avais pas les liens, je pourrais probablement m'occuper avec ce qu'ils ont mis à ma disposition, mais je n'ai pas encore le droit selon elle. James n'est jamais venu dans cette pièce, il n'y a qu'elle. De ce que j'ai compris, elle l'aime, je crois.

— Tu devrais au moins lui parler, elle n'a pas l'air bien et...

— Tu n'as pas répondu à ma question, s'énerve James. Pourquoi tu me parles d'elle ?

— Mais c'est toi qui l'as choisie !

Silence.

Cette femme tient tête à mon époux, je suis impressionnée. Moi, j'ai été soumise toute notre relation. J'ai presque envie de l'applaudir quand il reprend :

— L'avoir ici lui fait plus de mal que n'importe quoi d'autre. Bientôt, il acceptera tout ce qu'on lui demandera ! Moi, je suis le plan, mais toi ?

— Tu es sûr ? Le plan était...

— Ne me contredis pas J... Tu n'as pas fermé la porte ?

Je sursaute face à ses pas précipités qui arrivent vers moi et sa colère palpable.

Il la referme brusquement avant de repartir. Premier bon point, James ne veut pas que j'entende leur plan, car il envisage peut-être que je sorte un jour hors de ces murs sans pouvoir les dénoncer. Deuxième point, moins bon, je vais certainement rester prisonnière de cette chambre encore un certain temps.

Silence dans le bâtiment, je crois qu'ils viennent de partir. C'est la première fois que je me retrouve sans baby-sitter ; c'est ma chance. Je tire sur mes liens, jusqu'à faire saigner mes gencives. Je ne m'arrête pas, attendant le moment où ils lâcheront. Après de longues minutes de lutte acharnée, j'y arrive.

Une fois les mains libres, le reste est plus simple à défaire. Je me mets debout et m'étire, un sourire victorieux sur le visage.

— Dean, j'arrive.

Je pose ma main sur la poignée quand elle me résiste. Fermée.

J'avais un maigre espoir que la situation serait un tout petit peu plus simple cette fois-ci, histoire de me faire gagner du temps.

— Je risque de ne pas arriver si vite, marmonné-je comme si Dean pouvait m'entendre. Mais s'il te plaît attention, c'est une cinglée !

Partie 2

« *La vengeance est un plat qui se mange froid.* »

Chapitre 1

James

Douzième message que je tape sans l'envoyer. Je dois rester patient. Lui faire confiance. C'est son travail. Je ne peux pas devenir jaloux ou possessif de la sorte.

Je mords une de mes phalanges droites pour ne pas hurler face à l'impuissance que je ressens et fixe la porte en bois à l'étage.

Elle est close, comme d'habitude, et pourtant j'ai l'impression qu'il y a quelque chose de changé.

L'envie d'y monter est tentante.

Sauf que je n'ai pas l'autorisation d'entrer. Jenny a été claire, Julia ne veut pas de ma présence, cependant, je meurs d'envie d'aller discuter avec elle. Nous avons tout de même été proches durant des années et il serait temps qu'on pose les choses à plat. J'en ai aussi des éléments à lui reprocher. Certes, elle ne m'a pas kidnappé, mais l'adultère est presque un crime dans un mariage ! Elle ne s'en sortira pas aussi facilement. Jouer le rôle de la victime est trop simple. Elle a commencé à me mentir bien avant que je décide de mettre mon plan à exécution.

Mes doigts s'agacent sur mon clavier pour me faire oublier l'énervement qui commence à s'accumuler en moi.

J'écris un treizième message que je laisse dans mes brouillons et éteins mon téléphone pour monter là-haut.

Ce n'est pas une bonne idée, j'en ai conscience, mais peu importe. Je ne peux pas simplement rester en retrait sans rien faire durant des semaines. Je suis avocat, homme d'affaires, son mari, j'ai le droit de lui parler, qu'elle le veuille ou non.

Je ne suis pas encore sur la première marche que la voix de Jenny résonne dans ma tête :

— Tu veux une famille ? Tu veux avoir la vie dont tu as toujours rêvé ?

— Oui, lui ai-je répété encore hier.

— Alors, laisse-moi faire.

— On attend depuis déjà trop longtemps, ai-je argumenté.

C'est moi qui paye tout ce qu'on fait ici, qui ne rechigne à rien et qui travaille comme un forcené à côté pour qu'on ne se rende compte de rien. Elle ne sait pas ce que cela fait de mentir sur la disparition de son épouse. Jenny a la belle vie ici. Certes, elle reste cachée, mais elle n'a pas à devoir supporter les tonnes de mensonges et de revirements de situations. Elle est protégée. Je la protège. Comme je lui ai promis, il y a de cela des années.

— Qu'est-ce que je dois faire alors ?

— Continuer à trouver une excuse pour te promener à l'hôpital et déposer les lettres dans son casier.

Elle était froide et pragmatique, comme depuis ces derniers mois. Jenny sait exactement ce qu'elle fait, et d'habitude, je lui ressemble. Néanmoins, la présence de Julia dans notre plan change tout. Au démarrage, elle n'était pas censée prendre autant de place, mais Jenny a vu en elle une opportunité d'atteindre Dean. C'est ma faute, j'ai laissé échapper des informations sur leur rapprochement. Je n'aurai pas dû.

Bien que faire souffrir à mort Dean fasse partie de mes intentions, je ne veux pas mêler Julia à ça. Elle a déjà subi de nombreuses complications ces derniers temps. Le rêve d'être une mère s'écrasant en plein vol n'a pas été simple à vivre pour elle.

Je me remets en marche, oubliant les recommandations de Jenny. Elle n'a pas vu les larmes et le désespoir de ma femme. Elle ne peut pas comprendre ce qui nous lie malgré mes mensonges et mes actes. Julia est importante pour moi et je lui dois bien des explications.

Mes pieds ne font pas de bruit sur l'escalier en béton ciré et je prends la peine de ne pas respirer trop fort pour ne pas la prévenir de mon arrivée. Quand je déverrouille la porte, un petit déclic se déclenche, mais il est assez discret pour ne pas éveiller ses soupçons. La porte ne grince pas étant neuve et tout juste installée.

Quand je me glisse dans le léger entrebâillement, je la vois, assise, la tête posée sur ses genoux. Elle me fait de la peine.

Quand son visage se redresse pour me fixer, je suis pétrifié. Jenny va savoir que je suis venue. Julia lui dira. Pourquoi suis-je ici ? Plein de doutes, je n'ai aucune envie de m'éterniser dans cette pièce.

La panique monte quand elle s'adresse à moi, je sors sans claquer la porte et quitte le bâtiment en cavalant dans les escaliers.

Je dois me ressaisir, et tout de suite.

Chapitre 2

Julia

Il n'a pas fermé. J'en suis sûre.

C'est ce que je me répète en faisant les cent pas depuis que j'ai réussi à me détacher. Heureusement pour moi, je l'ai entendu avoir du mal à ouvrir la porte ce qui m'a permis de faire semblant d'être toujours attachée par terre. Quand j'ai redressé ma tête vers lui, j'ai senti sa peur. Il n'a pas été très long à faire demi-tour.

Il a fui, et c'est avec certitude maintenant que je me sais seule dans le bâtiment. Une information capitale.

Néanmoins, je n'ai absolument aucune idée de ce que je dois faire. La peur me tiraille l'estomac quand j'observe cette porte close. Il y a de grandes chances que je puisse l'ouvrir, il est parti sans la claquer.

Mais cela me terrifie. Qu'est-ce que je vais découvrir de l'autre côté ? Est-ce que je mets ma vie en danger en sortant ? Dans la plupart des scénarios, une femme emprisonnée fait rarement le bon choix en voulant sortir, croyant que son geôlier n'est plus là.

À vrai dire, il est possible qu'il m'attende de l'autre côté. Je frissonne rien qu'à imaginer cette possibilité.

Lui et cette folle ont peut-être un sourire suffisant, fixant un chronomètre pour voir le nombre de minutes que je mettrai à me rendre compte que je suis libre.

Ou alors, elle a vraiment oublié de refermer mes chaînes, de vérifier mes attaches et lui de verrouiller la porte en partant. Un oubli. Une chance de partir. D'être libre.

Trois coups de chance, cela ressemble plutôt à un traquenard, mais de toute façon qu'ai-je à perdre ?

Une partie de moi aimerait vraiment y croire et c'est celle que je dois écouter. Ils m'ont droguée, kidnappée, me séquestrent depuis des semaines… je ne peux pas rester ici.

De belles paroles qui ne trouvent pas d'actes au bout. Il faut que je parte, cependant, je suis tétanisée.

J'ai tellement peur de me rendre compte qu'il s'agit d'un piège tordu, que je n'ose pas bouger. Je suis immobile, stoïque…

Une femme prisonnière devrait instinctivement partir en courant en voyant une porte ouverte. Mais j'ai l'impression que c'est trop facile, c'est trop beau pour être vrai. Ils ont sûrement tout calculé depuis des mois ; ce n'est pas possible d'être aussi peu consciencieux jusqu'au dernier moment. Je n'y crois pas.

— Ma fille, tu devrais arrêter de regarder les films d'action et plutôt aller vivre dehors, me disait ma mère souvent.

Si on m'avait dit que la réalité était aussi dangereuse que les films, je serais restée dans mon lit de l'adolescence jusqu'à aujourd'hui, sans aucun doute.

Cependant, je suis devenue médecin pour changer le monde.

Cette réflexion est enfantine, et pourtant c'est la vérité.

J'avais envie d'apporter de l'espoir aux personnes en souffrance. D'être le maillon de la chaîne qui changerait peut-être un petit peu la donne.

Sauf qu'à la place, je suis ici, comme une pauvre idiote, ayant fait confiance à un homme que j'aurais dû voir sous son vrai jour dès les premiers rendez-vous.

Dean a essayé de nombreuses fois de me prévenir.

Depuis le début, il essaie de m'ouvrir les yeux. Et moi, comme une imbécile, j'ai voulu croire que je savais. Qu'il fallait écouter sa raison au lieu de son cœur.

Que James était l'homme idéal.

C'est peut-être d'ailleurs la vérité. Il y a quelque chose en lui qui m'a toujours fait croire qu'il était parfait. Et maintenant cela me paraît tellement logique. Quelqu'un qui ment, qui a planifié son personnage depuis tellement longtemps, ne pouvait être que parfait. Il savait quoi dire puisqu'il ne le pensait pas, il racontait une histoire qu'il avait écrite.

Cependant, moi, comme une idiote, je me suis vue vivre avec lui. J'ai culpabilisé durant des nuits et des nuits de rêver d'un autre homme. Si j'avais su, je serais probablement aux Bahamas, dans les bras d'un charmant médecin.

— Niveau choix douteux, ma fille, tu obtiens la palme.

Je me parle à moi-même, comme d'habitude. Si ça continue, je vais faire une spécialité psy plutôt que pédiatrique. Dean serait déçu, lui qui me pousse à réaliser mon rêve en travaillant avec les petits.

Dans cette situation ubuesque, je m'imagine avec un enfant. Ma vie serait si différente s'il y en avait un.

Je touche mon ventre en faisant des petits ronds cylindriques avant de sentir de nouveau cette nausée persistante. Je vomis dans le bac amené par la blonde et fronce le nez, dégoûtée.

Avoir un enfant, ça serait l'occasion de me battre pour quelque chose qui en vaut la peine. Un bambin innocent qui n'a rien demandé à personne. J'aurais envie de le protéger coûte que coûte.

— Alors fais comme si tu en avais un.

C'est la voix de Dean qui résonne dans ma tête. Je souris. Non pas parce que je suis heureuse, mais parce que cela fait du bien de me souvenir de lui. Même si ce n'est qu'une phrase sortie de mon imagination, je le vois très bien la prononcer.

Il serait devant moi, une expression bienveillante sur le visage. Son regard serait plongé dans mes yeux humides, cette petite mimique si adorable, un sourire en coin charmant. Même les petites rides au coin de ses yeux me paraissent parfaites aujourd'hui.

Pourquoi n'ai-je pas vu tout ça quand il était devant moi ? Pourquoi ai-je besoin d'être enfermée et en danger pour me rendre compte à quel point il est important pour moi ?

Ma mère a complètement raison. Quand on commence à perdre quelque chose, on se rend compte de sa valeur.

Pourtant je pensais être différente. Je croyais que ce genre de certitudes ne s'appliquait pas à moi. Que j'arrivais à voir l'important en omettant le surplus inutile.

Aujourd'hui, je sais que c'était idiot de croire que j'étais au-dessus de ça. Je me rends compte avec amertume que je me suis voilé la face durant des années.

Dès que j'ai croisé Dean dans cette boîte de nuit, j'ai su que c'était lui et personne d'autre.

Je me souviens encore de la sensation que j'ai eue quand nos deux peaux sont entrées en contact.

Cela n'a duré qu'une fraction de seconde, mais ça a été suffisant.

J'ai frémi sous son regard langoureux. Il était charmant, sûr de lui et à la fois à mon écoute. Pour la première fois depuis longtemps, j'ai compris que j'avais été vue.

Ce n'était pas des faux-semblants. Je n'étais pas simplement regardée comme une belle plante verte.

Ça, c'était le rôle des collègues de James, hautains et méprisants.

James me sortait dans les soirées mondaines pour ça, je n'étais qu'un trophée à balader à droite et à gauche. Une statuette qu'il a vite mise au placard apparemment.

Cette réflexion me fait revenir à la situation actuelle. Je suis sûre dorénavant que l'homme qui m'a amenée ici est celui qui partage ma vie depuis des années. Celui que j'ai accepté comme époux et que j'ai choisi face à Dean plusieurs fois.

Cette certitude est douloureuse certes, mais surtout incompréhensible. Je ne comprends pas la raison qui le pousse à me faire ça. Je n'ai aucune idée de ses intentions. Que peut-il attendre de cette situation ? M'enfermer dans une pièce, dans quel but ?

J'avais l'impression d'avoir les choses bien en main quand il a remis les pions en place sur l'échiquier. Je me souviens encore du soir où tout a basculé.

La « moi », encore libre, se retourne vers Dean pour lui faire un dernier au revoir, trempée de la tête aux pieds, terrifiée de parler à James de notre future séparation, quand quelqu'un m'a attirée par derrière. Je n'ai pas compris tout de suite ce qu'il se passait.

Dans un premier temps, j'ai hurlé à gorge déployée, mais Dean n'a rien fait.

Il était encore dans sa voiture à quelques mètres de moi, il a dû voir mon enlèvement, mais il n'a pas bougé. Comme les autres, il m'a abandonnée.

Je me suis débattue comme j'ai pu.

J'ai prié pour que des voisins, un passant, des inconnus me voient, m'entendent. Mais il n'y avait personne ce soir-là.

J'ai été entraînée dans une vieille camionnette qui sentait une odeur horrible. Celle de la javel ou de l'acide. J'ai cru qu'on allait me balancer dans l'eau en m'attachant à des poids. Je me suis vu grignotée par des poissons ou me faire dissoudre par un produit quelconque. Pendant de longues minutes, attachée, aveugle, dans ce coffre, j'ai eu peur.

Et à la fois, j'étais résignée. Dean m'avait parlé du passé de James, j'étais prête au pire.

Je me suis dit que c'était l'heure, qu'il fallait que j'arrête de me débattre parce que ça ne servirait à rien. Que je finirais comme cette femme, que Dean avait aimée. Comme si toutes celles qui s'approchaient de lui finissaient de façon tragique leur vie.

J'ai avancé patiemment vers la lumière comme on dit. Celle que j'expliquais des millions de fois à des patients sans savoir ce que c'était.

J'ai ressenti cette angoisse de se dire que c'était fini et que je n'avais pas pu tout accomplir dans ma vie et qu'il fallait l'accepter.

Je me suis demandé ce que j'avais loupé d'ailleurs.

J'ai tout de suite pensé aux enfants, que ce n'était peut-être plus mal que je n'en ai pas. Je n'aurais pas supporté de me dire qu'un enfant allait grandir sans sa mère.

Les mamans doivent penser à ça dans leur dernier souffle, à leur progéniture qu'elles doivent laisser sans protection. Mon cœur se sert encore à l'instant en pensant à ça.

Je revois Kylie, une femme incroyablement forte qui avait tenu plusieurs années avec un cancer au dernier stade. Les médecins ne trouvaient pas d'explications à la longévité de cette femme malgré la maladie. J'étais très jeune et je ne faisais qu'un stage d'observation quand je lui avais demandé ce qu'elle en pensait.

— Vous n'avez pas d'enfants, n'est-ce pas ?

— Non.

J'étais un peu mal à l'aise en lui répondant ça puisqu'elle avait des dizaines de photos des siens sur sa table de chevet.

— Alors c'est normal que vous ne puissiez comprendre.

— Ah…

Cela ne m'avait pas aidé à comprendre puis elle avait rajouté :

— Je me bats pour Judith, 13 ans, qui n'a pas encore embrassé quelqu'un et qui veut me raconter comment elle tombera amoureuse. Jackson, 17 ans, qui n'ose pas avouer à un garçon qu'il est amoureux de lui et qui a besoin de mon soutien pour croire en la personne merveilleuse qu'il est. Amanda, 19 ans, une femme incroyable qui veut devenir médecin.

Elle avait toussé une bonne minute avant de reprendre :

— J'aimerais vous dire que je me battrais de la même force pour Philip, Nina et Ollie, mais ce n'est pas vrai. Ils n'ont que 11, 7 et 3 ans. Les deux derniers auront un jour du mal à se souvenir de moi. Ce n'est pas grave… C'est normal. Mais si je réussis à vivre encore quelque temps, les plus grands arriveront à transmettre aux plus jeunes ce que je leur ai donné avant de mourir. Je me dois de tenir pour m'assurer qu'ils ne manqueront de rien.

Je me souviens que j'avais difficilement retenu mes larmes ce jour-là. Cette femme courageuse était morte deux mois plus tard. Jackson était venu à l'hôpital avec un beau jeune homme, main dans la main. Amanda était venue avec Judith, fortes et fières de celle qui resterait à jamais leur héroïne.

Quelques mois plus tard, j'ai appris qu'Amanda avait adopté ses frères et sœurs. Un acte de courage exemplaire qui a payé. Elle est en médecine aujourd'hui et grâce aux réseaux sociaux, j'ai pu voir des images du mariage de son frère et de l'entrée dans différentes bonnes écoles des derniers. Kylie peut être extrêmement fière d'où elle est.

J'inspire et essaie de terminer le fil de mes souvenirs.

Pour ce qui m'est arrivé ensuite, c'est le trou noir. Je crois qu'il y a eu du gaz dans le coffre. Je ne suis plus trop sûre. Les souvenirs sont un peu flous et datent de quelques semaines déjà. J'ai entendu des voix. Celles d'hommes que je ne connaissais pas. Et j'ai eu James en face de moi.

Il ne m'a pas enlevé la cagoule, mais j'ai senti son parfum. Aussi ironique que cela puisse paraître, il portait un effluve que j'ai reconnu tout de suite puisque j'avais passé des heures pour le lui trouver seulement quelques mois auparavant. Il avait un ton de voix calme et donnait des ordres à ses sbires. C'est là que j'ai vraiment vu l'homme que Dean m'a présenté dans ses souvenirs. J'ai compris à quel point je m'étais trompée pendant des années. Il y avait pourtant eu des signes avant-coureurs, mais quand on ne veut pas voir, c'est invisible.

On enfouit les doutes et on avance.

Dans ce coffre, j'aurais dû hurler. Lui montrer à quel point je le détestais, le haïssais.

Néanmoins, je ne savais plus quoi dire, mon cœur était vide de sentiments. Est-ce la drogue projetée dans l'air, ou simplement la peur ? Je n'en ai aucune idée. Si dans les films les femmes sont courageuses à l'extrême jusqu'à se faire tabasser par un total inconnu qui n'en peut plus de leurs jérémiades, de mon côté cela a été moins glorieux.

Et même si cela fait des semaines que je regrette de ne pas avoir pu me lâcher face à ce monstre qui n'est autre que mon époux, je pense que j'ai bien fait. Aujourd'hui, je suis en vie et c'est ce qui importe.

Les premières heures, j'en ai énormément voulu à Dean. Il m'avait abandonnée. Littéralement.

Depuis, mes sentiments ont évolué. Je me suis rendu compte que j'avais commis la première erreur en sortant de sa voiture. Je n'aurais pas dû penser que James allait simplement bien le prendre, comprendre et m'écouter. Une partie de moi n'avait pas envie de croire que toute l'histoire de Dean était véritable. Quand on déteste un homme, de surcroît quand il se trouve être un concurrent, on peut noircir le tableau. C'est ce que je me disais naïvement. C'est à cause de ça que je me retrouve dans une chambre, attachée à un mur, devant dormir à moitié recroquevillée sur moi-même.

Julia, faut vraiment que tu fasses quelque chose. Tu ne peux pas rester libre dans cette chambre et ne pas essayer de sortir. Dean n'accepterait pas que tu baisses les bras aussi facilement.

C'est ce que j'essaie de me dire quand je me rapproche de la porte.

J'ai tellement peur de l'ouvrir, de voir quelqu'un me regarder. Comme cette peur que j'ai depuis toujours de voir quelqu'un derrière une fenêtre qui ne cligne pas des yeux, avec un regard noir et une bouche angoissante. Dans mes cauchemars, ses lèvres sont tirées dans un sourire démoniaque.

Je suis comme une petite fille et ce méchant me terrifie. Je suis persuadée que des psychologues trouveraient une explication simple concernant ce cauchemar. Mais pour le moment, cela me tétanise sur place, incapable d'ouvrir une porte de peur de me retrouver face à un monstre. C'est ce que représente James pour moi maintenant. Et cette femme, qui vient de temps en temps, ne m'inspire pas plus confiance. Je n'ai aucune idée de qui elle est, mais elle ne veut pas mon bien.

Respire et mets un pied l'un devant l'autre. Au pire, si tu vois quelqu'un, ça ne changera rien à ta situation. Au mieux, tu es libre.

C'est la version positive que je me dis haut et fort. L'autre est plutôt un mélange de « tu peux mourir en sortant ou non ».

Mes doigts se posent sur la poignée et j'inspire profondément.

Je ne pensais pas qu'ouvrir une porte demanderait autant d'efforts.

Chapitre 3

James

Dehors, le vent se lève et je fixe l'heure. Elle n'est toujours pas là. Les gars n'ont aucune idée d'où elle se trouve et j'ai besoin de passer au bureau. Je fixe l'entrée du bâtiment en ne sachant pas quoi faire. Pour ne pas attirer l'attention, nous sommes très peu nombreux ici et normalement Jenny aurait dû venir me relever. Sauf que ce n'est pas le cas.

Je me mords la lèvre inférieure sans savoir quoi décider. Depuis que je suis devenu associé, je ne peux pas m'absenter trop longtemps du cabinet sans qu'on se rende compte de ma désertion. Ma secrétaire a déjà tenté de me joindre plusieurs fois.

Un gros dossier vient de tomber chez nous, et dans deux heures, je reçois le client. Il est hors de question que je ne puisse pas peaufiner mes questions avant, sinon j'aurai l'air d'un imbécile durant le rendez-vous.

Je m'agace avant de fouiller dans mes poches et prendre mes clés. Tant pis, Julia va devoir se garder seule quelques heures le temps que je retrouve Jenny !

Je ne suis pas serein, mais je n'ai pas d'autres solutions.

Je descends au parking de l'immeuble que j'ai acheté il y a six mois et essaie de ne pas perdre mon sang froid. Jenny a drogué Julia sans mon consentement plusieurs fois et maintenant elle ne réapparaît plus. Je sens que le plan est en train de prendre un nouveau tournant et je n'aime pas ça. Il n'a jamais été question de manipuler Julia avec des substances. On devait lui ouvrir les yeux sur ses priorités. Elle aurait dû me choisir et m'aimer pour briser le cœur de Dean. C'était le plan. Ensuite, ça aurait été le tour de Jenny de me choisir et d'exterminer ce qu'il resterait de Dean. Mais Jenny a préféré mener la barque toute seule.

— Il lui faut quelque chose de plus machiavélique. Lui faire croire qu'il vient de tout gagner pour ensuite lui retirer tout espoir. Tu veux le voir mourir à petit feu, non ?

Je n'ai pas répondu, redoutant son plan. Jenny a ensuite pris des initiatives plus que de raison. Trop.

La clé déverrouille l'habitacle et je rentre dans ma voiture qui sent le neuf. Hors de question de garder un 4x4 qui avait sans cesse l'odeur de Julia. J'avais l'impression d'être un monstre à chaque fois que je montais dedans.

Même si tout le monde l'imagine chez sa mère, le mensonge ne va pas durer longtemps et je dois d'ailleurs penser à la suite.

Dean doit être désigné comme le coupable idéal si on venait à penser que Julia n'est plus en sécurité.

J'inspire et fixe le rétroviseur central. J'ai les traits tirés et mon teint est plus pâle qu'à l'accoutumée.

James, ressaisis-toi !

Je cligne des yeux et mets le contact. J'appuie sur la radio qui s'allume, laissant un air de jazz envahir l'habitacle.

Je dois rester concentré, motivé et lucide.

C'est ce que je me répète jusqu'à mon arrivée dans le parking du cabinet. Je monte comme un automate les étages et parviens à garder mon calme lorsque mon assistante me saute dessus paniquée.

— Monsieur, j'ai tenté de vous joindre plusieurs fois, je…

Elle n'a pas terminé sa phrase qu'un homme vêtu d'un costume gris de mauvaise facture et un second encore plus décontracté s'avancent vers moi.

— Inspecteurs Leeroy et Jacksman !

C'est le costume gris, Leeroy, qui les présente.

— Enchanté messieurs, que puis-je faire pour vous ?

Il n'est pas étonnant de voir la police débarquer dans un cabinet d'avocats et j'essaie de montrer un air détaché. Sauf qu'au vu de l'attitude de mon assistante, ils ne sont pas là pour une de mes affaires. Je pensais que la disparition de Julia ne serait pas sur le tapis avant plusieurs semaines et cela m'embête de m'être trompé autant.

— Venez dans mon bureau, ajouté-je, ne souhaitant pas offrir aux autres collaborateurs plus de grains à moudre derrière mon dos. J'ai peut-être eu une promotion, mais dans ce milieu, on tombe très vite.

— Bien entendu.

Le plus classe des deux semble plus conciliant que le second qui me toise. Ils ont donc envie de la jouer « méchant et gentil flic », je vois. J'ai été de nombreuses fois confronté à des personnes de leur grade. Je sais ce qui marche avec eux et ce qu'il ne faut surtout pas avouer.

Ils rentrent dans mon immense bureau en verre et je regrette immédiatement le design contemporain des lieux. Je suis obligé de tirer chaque store pour nous offrir un peu d'intimité.

— Excusez-moi, mais c'est un peu la fosse aux lions ici, on leur offre un bout de viande et c'est la fin.

J'essaie de paraître détendu et l'inspecteur Leeroy se montre réceptif. J'avais raison, il a le rôle du gentil flic.

— Installez-vous, dis-je en leur désignant les sièges en cuir que j'ai installés devant mon bureau.

Sans grand étonnement, le gentil s'assoit et le méchant reste près de la porte, bras croisés sur la poitrine. J'ai presque envie de rire face à leur technique d'interrogatoire plutôt ringarde. Il n'y a rien de discret dans leur façon de faire.

— Que voulez-vous, messieurs ? Un de mes clients a-t-il commis un délit grave ? Si tel est le cas, mon cabinet est prêt à entièrement coopérer s'il le peut.

Je souris. Dans notre jargon, cela veut dire « avec l'accord d'un juge, un crime incroyablement important, et encore ce n'est pas sûr que je vous aide, je suis avocat, pas prêtre. »

— Ce n'est pas pour un de vos clients que nous sommes ici.

Le méchant flic claque ces paroles dans sa bouche retroussée d'une moustache ridicule.

— Bien. Alors je me vois obligé de vous demander plus d'explications. Qu'ai-je fait ?

— Rien, me rassure le gentil.

— Pour le moment.

Le rajout de monsieur grognon au fond de la salle est à me faire lâcher un sourire.

— Bien, dans ce cas, exposez-moi les faits, je suis un peu perdu.

J'essaie de jouer l'innocent jusqu'au bout et cela fonctionne, tout du moins je l'espère.

— Où est votre femme, monsieur ?

Le méchant ne perd pas de temps et je n'appelle pas cela vraiment « exposer » des faits.

— Chez sa mère, il me semble. Même si elle peut avoir trouvé un endroit plus calme pour se reposer. Pourquoi ? Quelque chose lui est arrivé ?

Mon visage transpire la panique, j'en suis sûr. J'ai envie de m'offrir un trophée pour ce jeu d'acteur des plus mémorables. Les deux hommes paraissent d'ailleurs étonnés de cette sincérité qui transparaît dans ma réaction. J'ai bien répété, messieurs. Depuis des années, je vis dans le mensonge et les faux-semblants.

— Nous avons été alertés par son absence répétée qui pourrait faire penser à…

— Une disparition, termine le méchant flic.

Leeroy grimace n'ayant pas envie de parler tout de suite avec ces mots forts de sens.

— Disparue ?

Je m'assieds tout d'un coup sur mon siège en me laissant tomber lourdement. Je me claque une fesse et grimace sous la douleur avant de poser mon coude contre le bureau, l'air hébété d'une telle nouvelle.

— Ce n'est pas possible. Je vais l'appeler tout de suite et tirer cela au clair. Julia avait…

— Son téléphone est déconnecté depuis plusieurs jours, monsieur.

Leeroy m'annonce ça sans émotion tandis que Jacksman réplique :

— Vous ne le saviez pas ?

Il insinue que ce n'est pas normal, mais j'ai déjà toutes les réponses prêtes dans ma tête. Il croit pouvoir m'avoir alors que je contrôle chaque seconde de cet interrogatoire.

— Julia ne voulait plus entendre ma voix… Elle disait que c'était encore trop dur, soufflé-je brisé.

— Que voulez-vous dire ?

Leeroy est happé par mon histoire, et monsieur grognon aussi, je le vois bien.

— Nous avions entamé une procédure d'adoption, mais cela n'a pas été aussi simple que nous le pensions. Julia travaille beaucoup, moi également, nous n'étions pas prioritaires. L'enfant que nous devions recueillir a eu d'autres parents.

Je m'arrête à ouvrir le tiroir en bois à côté de moi. Il est en troisième position pour ne pas paraître préparé à ce genre de situations — même si c'est le cas.

— Tenez, vous avez notre demande et les refus, avec la date qui coïncide avec le départ de… Ma femme voulait juste souffler après cette terrible annonce, dis-je. Elle ne peut pas être… Je vais tout de même l'appeler.

J'essaie de me montrer bouleversé, déraisonnable et insistant sur l'état de ma femme, ce qui rend perplexe les deux hommes qui, dans leur esprit, m'avaient déjà condamné. Leeroy prend le dossier tandis que je compose le numéro de Julia. Sa boîte vocale arrive avant d'entendre la moindre sonnerie et cette dernière est pleine. Impossible de la joindre. Je le sais bien, mais je feins l'étonnement.

— Vous voyez.

Leeroy appuie ma constatation et j'acquiesce, heureux d'avoir un teint plutôt livide aujourd'hui.

— Je ne comprends pas. Si elle avait eu un souci, elle m'aurait appelé, si…

— Monsieur, une personne qui se fait enlever a, par définition, l'absence de choix. Elle n'a pas pu prévoir ce qu'il lui arriverait.

— Pourquoi parlez-vous de kidnapping ? Vous avez eu une rançon ? Des indices ? Des…

— Rien de tout cela. Mais étant donné la date de sa disparition, il n'y a que trois solutions à envisager. Une fugue dans l'optique de ne jamais refaire surface, sauf qu'elle n'avait aucune dette de contractée, ni aucune autre raison de s'évaporer. Deuxièmement, il est possible qu'elle soit tombée sur un malade auquel cas je crains pour sa vie, ou la troisième option, un enlèvement.

J'ouvre la bouche, ne sachant pas quoi répondre. Je dois prendre mon temps et faire comme si je digérais toutes ces informations pour la première fois, concernant une femme que j'aime plus que tout.

Je déglutis bruyamment pour digérer ses paroles puis je souffle :

— Vous voulez dire que je dois espérer que ma femme vient de disparaître pour me fuir parce qu'autrement elle est soit déjà morte soit enfermée quelque part ?

Mon résumé est mélodramatique et le gentil flic grimace.

— Mais avez-vous simplement un semblant de preuve pour envisager ça ? Est-ce que Julia n'a tout simplement plus de batterie ou n'a-t-elle pas fait le choix de se couper du monde quelque temps ?

Mon argument se tient et je vois bien que les deux hommes sont venus avec un maigre dossier. Les affaires concernant des avocats, ça plaît toujours à des policiers ayant envie de monter en grade rapidement.

— D'accord, vous n'avez rien et vous venez de me faire vivre la pire expérience de ma vie. Quand ma femme reviendra, je peux vous dire que votre supérieur entendra parler de moi ! Retrouvez-la et n'allez pas inventer de pareilles sornettes dès les premiers doutes.

— Nous avons reçu des témoignages, monsieur. Une enquête est ouverte, et pour information, vous êtes le premier suspect.

Sur ces mots, le gentil flic se lève pour rejoindre son collègue. Ils ouvrent la porte d'eux-mêmes et sortent de mon bureau. Je n'ai rien à ajouter à notre entretien. Je suis avocat, je sais très bien comment ils travaillent. Ils ont besoin d'intimider les suspects, d'imposer une sorte de supériorité qui ne marche pas avec moi.

Une fois qu'ils sont partis, ma secrétaire s'empresse de venir me voir.

— Qu'est-ce qu'il se passe ?

— Il se passe que je dois aller voir un de mes clients assez urgemment. Vous pouvez décaler tous mes rendez-vous de la journée ?

Elle acquiesce.

N'ayant même pas pris la peine de m'installer dans mon bureau, je repars avec mes clés pour rejoindre le bâtiment. Il est fort probable que la police tente de me suivre, il faut donc que je prenne les précautions qui s'appliquent à ce genre de situation. Je ne suis pas un débutant. J'ai déjà été sous surveillance plusieurs fois pour des affaires diverses et variées.

Je compose tout de suite le numéro de Jenny, mais comme d'habitude, elle ne répond pas.

Les choses commencent à se compliquer sévèrement.

Chapitre 4

Julia

La porte est ouverte et je n'ose pas franchir le seuil au risque de briser ce qui paraît être enfin le bout du tunnel.

J'ai tellement rêvé de sortir de cette chambre, et maintenant je suis complètement tétanisée à l'idée de le faire. Est-il possible que je sois encore en train de rêver ? Tremblante, j'imagine qu'ils m'ont encore droguée pour des raisons que j'ignore toujours. Il s'amuse peut-être à me faire croire que je suis en train de sortir, rigolant de leur perversion.

Je me pince, comme on le préconise aux personnes souhaitant se réveiller d'un cauchemar. Je ressens la douleur, mais je n'ai aucune idée de ce qui pourrait me faire trancher entre la réalité et un délire hallucinatoire. Suis-je simplement capable de me rendre compte de ce que je vis ?

Pleine de doutes, je pose un pied en dehors de la chambre.

Le couloir industriel que je vois souvent est là. Mur blanc, plinthes grises, sol carrelé… On se croirait dans un bâtiment commercial sauf qu'il n'y a personne. J'avance dans le couloir et découvre plusieurs portes, toutes fermées. C'est risqué de faire du bruit ou encore de bouger des poignées sans savoir ce qu'il y a de l'autre côté. J'en ai conscience, mais je n'ai pas le choix.

Une fois au bout du couloir, je comprends qu'il n'y a personne dans le bâtiment.

Je retourne sur mes pas et observe l'escalier juste devant la porte de la chambre. Il mène au rez-de-chaussée qui a l'air tout aussi vide. Le cœur battant à tout rompre, je descends les marches. Aujourd'hui, je suis vêtue d'un jean bleu foncé, d'un t-shirt blanc presque transparent et je n'ai pas de chaussures. James ou l'autre folle n'ont pas l'air de penser que cela pourrait me servir d'avoir autre chose que mes pieds nus pour me déplacer. Une technique pour s'assurer que je ne puisse pas m'enfuir en courant.

C'est efficace et je fais attention à ne pas glisser sur le béton lisse et froid de l'escalier. Mes pas sont doux et silencieux. J'ai peur de tomber sur quelqu'un, mais je suis prête à me battre malgré mon manque total de connaissance sur le corps à corps. J'ai vu des films, j'ai été fan de Lara Croft et je suis prête à survivre ; cette combinaison pourrait grandement m'aider, non ? C'est tout du moins ce que je me répète en descendant l'escalier, les jambes en coton et l'esprit toujours embrumé par la drogue.

L'envie de demander s'il y a quelqu'un est tentante, mais qui serait assez idiot pour dire « oui, tu devrais courir tout de suite pour m'échapper ». Je tiens donc ma langue et pose le pied sur la dernière marche de l'escalier en contemplant une immense salle vide.

Elle est entourée de vitrées teintées qui m'empêchent de voir l'extérieur convenablement. Un béton industriel, impeccable et lisse se profile devant moi.

Je m'éloigne de l'escalier pour visiter les lieux. Derrière la grande pièce se trouve une plus petite avec des tables, des ordinateurs et plusieurs tableaux blancs recouverts d'écritures.

Beaucoup de dates sont inscrites dessus et j'essaie de déchiffrer l'écriture.

« Inj 1 — peu réceptive »

Mes yeux glissent le long des annotations.

« Inj 4 — cycle bon. Inj 5 — réception nulle malgré 28 j »

J'ai beau lire et relire les informations sur le tableau, mon esprit n'arrive pas à trouver une logique, tout du moins avant que je pose les yeux sur un mot. Mon regard le fixe, hébété. Je ne réagis pas.

« Ovulation »

Les autres indications m'apparaissent tout d'un coup claires et je sens quelque chose bouillir en moi. Cette colère nouvelle et grandissante m'empêche de réagir assez rapidement quand une porte claque. Je sursaute, mais il est trop tard. Une personne vient d'entrer dans le bâtiment.

Je dois m'enfuir. Trouver un moyen de me cacher. Sauf que cette pièce n'a qu'une sortie et aucune cachette. Pétrifiée, je suis devant le tableau quand James apparaît dans l'encadrement de la porte.

— Qu'est-ce que tu fais là ?

Il est en colère, mais je le suis aussi. Je n'ai pas pu déverser tout ce que j'avais à dire et je compte bien changer ça.

— Et toi ?

Je pointe le tableau du doigt tandis que je m'avance. Son regard passe des écritures à mon visage tordu par la haine. Il n'arrive pas à me répondre clairement et je perds mon sang froid. Qu'importe qu'il soit mon geôlier ou non. Ce qu'il vient de faire à mon corps est inacceptable. Si je dois mourir pour obtenir des explications, je suis prête à le faire. Ce n'est plus la raison qui me pousse à agir.

— Qu'est-ce que tu m'as fait ? hurlé-je.

Je suis hors de moi quand il prend quelque chose dans sa poche. Je n'ai pas le temps de réagir et observe une longue aiguille se ruer sur mon cou. J'ai envie de me débattre, mais je sais à quel point une aiguille cassée peut faire beaucoup de dégâts dans un corps. Sans le vouloir, je dois me résigner à perdre cette bataille. La substance qu'il m'injecte me fait perdre à moitié connaissance. Mes jambes se dérobent sous mon poids et il me rattrape.

— Je suis désolé, souffle-t-il.

Il me pose sur son épaule et me ramène dans la chambre. Je ne suis même pas dépitée de n'avoir fait qu'un tout petit tour hors de cette pièce. La haine qui me ronge dépasse toutes les autres émotions. Comment a-t-il pu me faire une telle chose ? C'était donc ça les examens ? Il jouait avec ma stérilité ?

Ce qui suit est très flou. Un homme qui parle, qui chantonne et qui caresse mon visage.

— Je t'ai tellement aimée.

J'entends ça sans être sûre que ça soit réel. La phrase paraît chuchotée, presque fantomatique.

Ensuite, plusieurs vertiges et des pertes de connaissance. La nouvelle drogue ingérée a l'air de ne pas plaire à mon corps. Une de trop sans doute. J'ai du mal à faire surface, mais quand cela arrive enfin, il n'est plus à côté de moi.

— L'amour a tellement de visages, soufflé-je face à ce qui ressemble à James.

La silhouette ne dit rien et ressort comme si elle ne m'avait pas entendue. Néanmoins, je ne suis pas dupe, je me doute qu'il sait très bien ce que je veux dire. J'étais là quand il a pleuré. La situation lui glisse entre les doigts et je n'arrive pas à comprendre véritablement les tenants et aboutissants qui font que je suis ici, mais je compte bien le découvrir.

Chapitre 5

James

Elle est complètement amaigrie et j'hésite à la laisser toute seule une seconde fois dans le bâtiment, surtout qu'elle a réussi à sortir de sa chambre. Sauf qu'il est impensable qu'elle puisse sortir de l'immeuble. Elle ne pourrait que fouiller un peu pour obtenir des réponses que je souhaite de toute façon lui offrir.

J'ai vu son visage se décomposer en lisant les notes sur le tableau. Elle avait de la haine dans les yeux et je la comprends.

Sauf que je ne peux rien lui dire pour le moment, ce n'est pas raisonnable.

Jenny me hurlerait dessus si je prenais aussi peu de précautions, et à la fois, je n'en peux plus d'attendre. En parlant d'elle, elle devrait être rentrée depuis des heures et je m'inquiète. Elle parle beaucoup de Dean en ce moment et j'ai peur qu'elle ait décidé de ne plus suivre le plan. Je dois m'assurer que j'ai encore la situation en main.

Je sors de l'immeuble en fermant bien derrière moi et réponds à mon téléphone qui vibre dès que j'ai posé un pied sur le trottoir.

— Oui ?

C'est mon assistante qui me prévient que le directeur de l'hôpital où j'avais de toute façon l'intention de me rendre a tenté de me joindre de nombreuses fois. La journée est passée vite. La visite des inspecteurs et plusieurs heures à être avec Julia pour m'assurer qu'elle ne réagirait pas aussi fort que la dernière fois à la drogue m'ont fait perdre un temps fou. Si Jenny ne s'était pas amusée à tester des mélanges sur elle pour lui faire oublier ce qu'elle sait, nous n'en serions pas là. L'état de ma femme est alarmant, je ne l'ai jamais vue comme ça.

Ma secrétaire me précise qu'elle a essayé de me contacter plus tôt, mais le brouilleur que j'ai installé dans l'immeuble semble bien marcher, car je n'ai eu aucune notification plus tôt.

— Bien, merci je vais tout de suite le rappeler.

— Vous avez également la mère de votre femme qui…

— Je dois vous laisser.

Je grimace. Pourquoi avais-je imaginé que leurrer ma belle-mère serait une chose aisée ? Je ne sais plus quoi lui répondre. Au début, trouver l'excuse de l'adoption ratée était idéale puisqu'elle n'a jamais été très douée pour parler de la stérilité de sa fille, mais les semaines ont passé et sa mère tente de reprendre son rôle en secourant Julia de la dépression que je lui ai inventée. Heureusement pour moi, Dean n'avait, jusqu'à maintenant, contacté personne, mais j'imagine qu'il n'a pas réussi à tenir bien longtemps ; je dois faire évoluer mon plan.

Que ce soit ma belle-mère ou Tara, personne n'a semblé douter jusqu'à aujourd'hui de ma version. Mon meilleur ennemi devrait me connaître et il aurait dû se douter que j'ai une excuse toute prête qui pourrait lui faire bien plus mal qu'à moi.

C'est pour cette fameuse partie du plan que je pars, direction l'hôpital. La chute de Dean approche et Julia ne pourra avoir le conte de fées qu'elle a toujours rêvé dans les bras de ce médecin de pacotille.

Je vais m'en assurer.

Chapitre 6

Julia

Je me lève et tire sur les liens qui sont toujours défaits depuis ma tentative pour me sortir d'ici. James n'a même pas daigné me rattacher. Puisque j'arrive maintenant à être complètement debout, ce qui fait un bien fou à mon dos qui souffrait le martyre, je peux examiner la pièce.

Une bonne séance chez l'ostéopathe ne ferait pas de mal, Julia, me murmuré-je.

J'ai lu une étude par des psychologues qui démontraient à quel point se parler est important pour maintenir le lien, qu'on soit enfermé contre notre gré ou accidenté quelque part. Parler me permet de garder encore un minimum la notion de temps et d'espace. Je sais que je suis là, avec moi-même et que je ne dois pas lâcher.

En quelques minutes, j'ai pu répertorier la totalité des éléments de cette chambre. Rien qui puisse m'aider à défoncer une porte, néanmoins, je dois essayer.

C'est avec beaucoup d'espoir que je prends la chaise de la coiffeuse pour asséner des coups dans la porte que mon époux à cette fois-ci fermer à clé.

Le premier coup est inutile, mais je réitère, motivée.

Le boucan que provoque mes agissements devrait mettre la puce à l'oreille de n'importe qui présent dans le bâtiment, mais j'imagine que j'ai dû rester dans les vapes un moment et que James est reparti.

Pourtant, au troisième coup, j'ai l'impression d'entendre un mouvement derrière. Je me fige avant de recommencer. Foutu pour foutu.

Au quatrième coup tenté, je n'ai pas besoin de l'enfoncer que la porte s'ouvre. Je reste bête un moment et personne n'entre. Je pose la chaise et passe la tête dans le couloir pour essayer de voir qui vient de m'ouvrir. Une vague silhouette s'éloigne déjà en bas et sort. Je fronce les sourcils et descends cette fois-ci très rapidement au rez-de-chaussée. Personne.

Dubitative, je commence à essayer d'ouvrir la porte d'entrée quand j'ai l'idée d'aller rechercher la chaise d'en haut pour taper dessus. Sauf qu'un papier attire mon attention, punaisé sur le mur blanc à côté de l'escalier.

Ne tente rien d'idiot, la vie de Dean est entre tes mains. Allume la télévision si tu veux comprendre.

Je pourrais aisément sortir en cassant une fenêtre et pourtant ce simple mot m'oblige à temporiser. C'est sûrement du vent, il ne va rien faire à Dean… mais je ne suis sûre de rien et il me connaît. Il sait que je ne vais rien tenter grâce à ce simple avertissement.

Il faut savoir réfléchir avant d'agir, je l'ai appris à mes dépens ces dernières années. Si j'avais réussi à prendre du recul sur chaque situation, on n'en serait pas là.

Je marche dans tout le rez-de-chaussée sans trop savoir quelle est l'utilité de cet immeuble, si ce n'est de me retenir prisonnière.

Dans la pièce avec les ordinateurs, je découvre la télévision mentionnée par James. Sauf qu'elle n'est ni branchée ni allumée, ce qui la rend inutile.

Cela m'agace et je suis obligée de retourner dans l'autre pièce pour trouver de quoi la démarrer.

Après vingt minutes à tourner en rond, je ne sais pas comment m'occuper et je ne trouve aucune télécommande pour allumer la foutue télévision en question. Je suis sur le point de hurler d'agacement et d'impuissance quand j'entends du bruit à l'extérieur du bâtiment.

Derrière l'une des vitres fumées, j'aperçois deux hommes et je me couche au sol de peur d'être vue par des sbires de James.

Au lieu de cela, j'aperçois une femme pleine de tatouages et un homme d'une taille impressionnante qui se plantent devant les fenêtres. Ils plissent les yeux ayant peut-être vu du mouvement avant que je ne me couche. Dois-je me montrer ? Sont-ils dangereux ? Comment puis-je le savoir ? Le temps que je me décide, il est trop tard pour changer de comportement.

Je suis sur le point d'arrêter complètement de respirer quand ils se mettent à parler entre eux. Je ne peux pas comprendre ce qu'ils disent, mais une chose est sûre, ils repartent sans avoir l'air inquiets. Je soupire et reste au sol un moment.

Qu'est-ce qu'il peut bien vouloir faire de moi ?

Si je suis honnête avec moi-même : rien de bien. On ne kidnappe pas une femme pour la laisser un jour repartir libre. C'est le béaba des films sur le thème. La prisonnière pleure et supplie le geôlier de la laisser sortir, mais rien ne se passe comme elle le souhaite. Les gémissements agacent plus souvent le méchant de l'histoire et c'est ce que je ne veux pas. Hors de question de sortir de ce bâtiment les deux pieds devant. S'il faut continuer à être la prisonnière la plus docile et originale qu'il n'ait jamais eue, je vais le faire.

D'ailleurs, est-ce la première fois qu'il détient quelqu'un contre son gré ? La fille qui est souvent là est étrange, mais je n'arrive pas à savoir si elle est sa proie ou sa complice. Je suis assez mitigée là-dessus, mais je sais une chose : j'ai peur d'elle aussi.

Décidément, peu de choix s'offrent à moi…

Chapitre 7

James

J'arrive aux services des urgences quand Dean se met à hurler sur l'une des infirmières. À son visage, je vois bien qu'il est complètement désorienté et la femme que j'ai payée pour le pousser à bout semble réussir son travail. Payer une infirmière pour le titiller là où cela fait mal, c'était du génie, je dois le dire. Il ne peut pas s'imaginer à quel point j'ai pris de l'ampleur ici. De surcroît, la femme croit aider Julia en faisant ça. Je lui ai démontré que le responsable de l'absence de la douce interne que tout le monde aime est le médecin charmant et manipulateur. C'est si simple de retourner le cerveau des gens parfois que cela m'effraie.

Je m'avance dans la pièce sous le regard de plusieurs soignants interloqués de voir l'avocat de l'hôpital venir en pleine journée dans un service.

Si le voir péter un plomb devant moi est agréable, je dois également jouer mon rôle de médiateur qu'attend le directeur qui me suit de près. Il n'a pas voulu rester dans son bureau et cela m'agace.

Dean ne doit plus savoir comment se comporter avec le retour de Jenny dans sa vie et, à son visage tiré, il n'a pas dû bien dormir.

— Effectivement, il n'a pas l'air très bien, dis-je au directeur qui fixe son employé sans savoir quoi faire.

Dean est incontrôlable et des journalistes sont arrivés pour couvrir l'énième vague de ce médecin impulsif et rebelle, accusé à tort ou à raison ces dernières années.

J'ai du mal à ne pas sourire en voyant mon plan fonctionner à la perfection et le directeur devenir de plus en plus livide. Il a beau vouloir le protéger, car il est excellent dans son domaine, il ne pourra pas le faire indéfiniment.

— Qu'est-ce qui vous…

Dean est prêt à s'en prendre à une manipulatrice en radiologie quand il pivote sous le regard médusé de tout le monde.

— Tiens, le mari de l'année a eu envie de passer me rendre visite ?

Il perd pied, c'est parfait. Je reste zen pour titiller encore un peu plus sa patience.

— Tu devrais te calmer, Dean, je pense qu'on commence tous à se demander si tu vas bien.

Le faire passer pour un détraqué, c'est si simple.

— Je crois que toi et moi, nous connaissons la réponse, non ? Il me semble que j'ai la femme de ta vie chez moi, dans mon lit qui plus est.

Les murmures s'élèvent de partout et pendant un instant, ma poitrine se déchire. Il parle de Jenny et c'est douloureux d'imaginer que ce porc l'a touchée, néanmoins, il joue notre jeu parfaitement. Tout le monde dans cette pièce est maintenant persuadé qu'il vient de parler de Julia, ce qui fait de lui le dernier à l'avoir vue, une information qui plaira assurément aux policiers. Et tout cela devant une foule de témoins prêts à témoigner de bonne foi de ce qu'ils viennent d'entendre. Si Dean pense avoir profité de la faiblesse de Jenny pour la reprendre, il se trompe. Notre plan marche à la perfection et je suis écœuré de voir qu'il pense Jenny si volage. Cela fait des années qu'on vit dans le secret et ensemble, il n'est pas près de défaire ça.

— Ne devenons pas une nouvelle fois le centre des conversations de cet hôpital, veux-tu ?

Mon ton est calculé, aucun mot au-dessus de l'autre, et il se ridiculise autant qu'il se discrédite en faisant ça. Cela joue en ma faveur, mais j'ai besoin de savoir jusqu'où il est prêt à aller maintenant ou si nous devons terminer notre plan plus vite que prévu. La seule solution pour le savoir est de nous éloigner des autres.

— Messieurs, je pense que vous devriez prendre mon bureau et…

— Le toit, c'est mieux, n'est-ce pas ?

Dean est tellement en colère que j'imagine qu'il rêve de me projeter dans le vide. À vrai dire, l'idée de le voir lui-même tomber me plait.

— Allons-y.

Le directeur n'a pas l'air très heureux de voir qu'on est sur la même longueur d'onde. Il soupire.

— Vous êtes sûr que… ?

— Je le connais. Mon épouse ne va pas bien et il aurait dû nous laisser gérer ça seuls. Je vais le raisonner, il croit à tort qu'il est l'unique espoir de ma femme alors qu'elle vient tout simplement de voir réduit à néant un des plus grands rêves de sa vie. Je vais lui demander qu'il la laisse voir un spécialiste au lieu de la couper du reste du monde.

J'ai révisé mes paroles pour que le directeur puisse être un bon témoin lorsque mon adversaire sera enfin suspecté comme je l'ai prévu. Il acquiesce malgré lui et je m'avance vers Dean.

— Ne me touche pas, grogne le médecin en montant dans l'ascenseur.

Quand les portes sont fermées derrière nous, l'ambiance change d'un seul coup.

— Je vais te tuer, me prévient-il.

— Si tu le pouvais, tu le ferais, je n'en doute pas. Mais tu veux Julia et, sans moi, tu ne l'auras jamais.

— J'ai déjà Jenny, souffle-t-il en reprenant de la distance.

Je déglutis. Est-ce que cela peut lui suffire ? Il aime Julia pourtant. Je l'ai vu la regarder pendant des semaines, sa façon de vouloir détruire notre mariage, de me la voler et de… Tout d'un coup, je comprends ce qu'il insinue.

— Qu'est-ce que tu veux dire ?

J'ai besoin de l'entendre de sa bouche.

— C'est l'une contre l'autre. Je ne me trompe pas si je dis que tu l'aimes, non ? Pour la garder en vie durant autant de temps, cela n'a pas dû être simple. Alors que tu aurais pu la tuer comme tu me l'as fait croire. Aucune raison logique ne te poussait à la laisser vivre, à moins que tu ne sois tombé amoureux d'elle, n'est-ce pas ?

Je ne réponds pas. Je me raccroche au fait que Jenny avait envisagé cette possibilité. Nous en avons parlé durant des heures. Je sais très bien ce que je dois faire. Les cartes sont dans mes mains, même s'il essaie de me faire croire l'inverse.

Je respire doucement et reprends mes esprits.

— Pour le moment, tu es le seul en train de perdre la femme qu'il aime, Dean. Tu as laissé Jenny seule, je suppose ? Tu crois qu'elle restera sagement chez toi ?

Il se met à rire et se craque le cou.

— Non. J'espère même qu'elle parte de chez moi pour la suivre et trouver Julia. J'ai remarqué qu'elle était plutôt jalouse.

Je ne suis pas rassuré, car il a raison.

— Mais pour le moment, elle n'a pas bougé. Alors soit elle dit la vérité quand elle dit s'être enfuie et tu es une ordure doublement pour ça. Soit elle essaie de me piéger mais s'est rendu compte que c'était chouette ma vie en fin de compte. Sache une chose, mon cher, je ne suis plus le même homme qu'à l'époque. La prochaine fois qu'une femme a besoin que je la protège de toi, c'est ton visage qui sera rayé de la liste. Je le ferai sans sourciller le moins du monde.

*

Dean

Quand on se retrouve, l'un en face de l'autre sur le toit, je ne peux m'empêcher d'avoir cette envie de le mettre KO. Je sais très bien que cela n'arrangera rien à la situation, bien au contraire. Néanmoins, cela me soulagerait énormément de pouvoir me venger physiquement de cet être abominable.

Sauf que je ne bouge pas.

— Tu penses à quoi ?

Il me parle comme si on était ami. Cette réalité date d'il y a trop longtemps pour que je puisse m'en souvenir. Tout ce que je ressens devant James, c'est de la haine et du dégoût. Il a gâché ma vie. Et il s'amuse à me torturer sans cesse. Je n'ai absolument aucune idée de la raison qui le pousse à ne pas laisser tomber. Il avait une dizaine de raisons de rester là-bas sur la côte est. Tranquillement.

Au lieu de ça, il a préféré venir me harceler pour m'achever.

Je n'ai jamais vraiment parlé avec Mark de son manège, de ses raisons et ses motivations.

Cependant, j'ai eu des années pour méditer là-dessus. À l'époque, je pensais qu'il avait tué Jenny. Étant persuadé qu'elle n'était plus de ce monde, je l'imaginais absolument capable de tout. Mais vu que cela n'est plus vrai, mon esprit n'arrive plus à mettre quoi que ce soit de cohérent dans le bon sens. Est-ce que James est l'homme que j'ai toujours cru qu'il était ? Mark semble croire qu'il n'est pas capable de tirer les ficelles tout seul. Mais qui alors ?

Je me sens horrible d'avouer ça, mais pendant un court instant, j'ai cru que Jenny pouvait être la tête pensante de toute cette histoire. Et puis, il y a eu ce matin, cette peur que j'ai vue dans ses yeux. Elle est trop brisée. Je me suis senti tout de suite coupable d'avoir pensé ça d'elle. Aucune femme ayant vécu autant de traumatismes qu'elle ne pourrait devenir le cerveau derrière tout ça. La seule chose qu'elle cherche, c'est recommencer sa vie et être aimée. En fin de compte, ce n'est pas si éloigné de ce que je souhaite. Le problème, c'est que je n'ai pas envie de le partager avec elle. J'imagine la douleur qu'elle doit ressentir. Elle a espéré pendant des années réussir à s'en sortir pour me retrouver. Sauf que c'est comme quelqu'un qui se réveille après un long coma, il a loupé tellement d'événements dans la vie de son entourage. Ce n'est ni sa faute, ni la faute de l'autre. Je ne peux pas m'en vouloir d'avoir continué à survivre, et depuis peu, à vivre. C'est vrai que le timing est mauvais. Peut-être que j'aurais réagi tout à fait différemment si

Julia n'était pas entrée dans ma vie. Cependant, je ne peux pas oublier la femme qui fait battre mon cœur, même si je n'ai absolument aucune idée de la manière dont va se finir cette histoire. Une partie de moi est complètement effrayée. James a changé. Je vois dans son regard qu'il est prêt à tout. Encore plus qu'à l'époque.

J'angoisse à l'idée qu'il pourrait passer à l'acte. Est-il devenu suffisamment monstrueux pour ôter la vie d'une femme qui n'a rien fait ? De surcroît, quelqu'un qui lui a fait confiance, qui l'a épousé ?

Même si j'ai envie de douter de ses capacités à faire du mal à Julia, j'ai peur.

On rêve tous d'un *happy end*, mais il faut avouer que la vie en offre rarement.

Chapitre 8

Julia

Je viens tout juste de trouver une télécommande quand une porte claque. Ayant la certitude qu'il s'agit de James, je vais tout de suite à sa rencontre. S'il veut qu'on ait une explication, il va falloir être un petit peu plus clair. Juste un papier, une énigme et la demande de regarder la télévision, ce n'était pas assez précis à mon goût.

Plutôt remontée, je débarque dans la pièce principale complètement vide pour découvrir qu'il ne s'agit pas de James, mais de la blonde un petit peu cinglée.

— Qu'est-ce que tu fais là, toi ?

Avec elle, pas de faux-semblants, elle est tout de suite dans l'agression. J'ai envie de lui en coller une, sauf que je ne suis pas vraiment en position de force. Même si aucun sbire ne semble être là, je ne suis pas sûre de mon coup. J'ai impression que cette femme se trimballe toujours avec un ou deux hommes pour faire le sale boulot.

— James m'a laissée sortir.

Ce n'est pas exactement la vérité, mais en même temps, je ne lui dois rien. Elle n'a pas l'air d'apprécier d'apprendre que son camarade a décidé de faire quelque chose derrière son dos. Elle s'avance vers moi, menaçante, mais je ne réagis pas. Hors de question de montrer que j'ai peur d'elle. Même si au fond je me liquéfie sur place.

— Remonte tout de suite dans ta chambre !

— Sinon quoi ?

J'ai avancé d'un pas moi aussi. Si elle veut mesurer qui de nous deux a le plus gros ovaire, elle ne va pas être déçue. Je suis peut-être stérile, mais pas dénuée de courage.

— Qu'est-ce que tu vas faire ? Me tuer ? Me droguer ? Me séquestrer au pied d'un lit ? Parce qu'il ne te reste plus qu'une case à cocher dans cette liste, lui craché-je, et crois-moi, tu vas le regretter.

Un élan de courage me traverse et je m'avance encore un peu plus. La baffe qu'elle m'assène arrive si vite que je n'ai pas le temps de réagir. Je titube sur le côté en me frottant la joue.

— Jenny !!!

La main de James arrive de nulle part pour arrêter un deuxième coup dans ma direction. Je cligne des yeux sans savoir par où il a pu passer ni depuis combien de temps il est là. Jenny essaie de dégager sa main de son emprise sans grand résultat.

— Lâche-moi !

— Non.

Elle le repousse violemment au niveau du torse, mais il tient bon. Je m'écarte d'eux et observe la scène. James prend ma défense et cela m'étonne.

— Lâche-moi, James !

Il relâche enfin la pression et Jenny hurle de rage.

James, lui, est en colère, et moi de trop. Personne ne m'a demandé de retourner dans la chambre, et pourtant, j'ai envie de le faire de mon propre chef. Les voir s'étriper n'annonce rien de bon.

Je recule de quelques pas quand James se retourne vers moi :

— Monte !

— Reste ! m'ordonne-t-elle la seconde suivante.

Tétanisée, je ne bouge pas.

— Ne lui parle pas comme ça !

— Ne me dis pas quoi faire, James.

Leur dispute plus que houleuse est impressionnante. Perdue, j'essaie de calmer le jeu en chuchotant :

— Je pense que vous...

— On t'a rien demandé !

Les deux me crient cela d'une même voix, au moins ils ont trouvé un accord.

Je continue de reculer et bute sur la première marche de l'escalier. Délicatement, je pose un talon dessus puis le second.

— Tu étais où ?

La question de James brise le silence et j'en profite pour m'éloigner encore un peu plus.

— Chez Dean, comme prévu.

Cette révélation me fend le cœur. Qu'a-t-elle fait ? Il va bien ?

— Toute la nuit ?

— Tu voulais que je sois cohérente avec mon histoire, non ?

J'ai une nausée qui monte. Est-ce que Dean a succombé à son charme ? Il ne la connaît pas pourtant.

— Il n'a pas eu l'air de très bien vivre ton retour, ricane James.

— Si !

Elle est obstinée mais blessée. James s'en moque et continue d'enfoncer le clou.

— Vu comment il vient de s'afficher à l'hôpital, non, il n'a pas aimé revoir son ex revenir d'entre les morts, crois-moi !

Je reste bouche bée. Cette blonde est… Mais oui, Jenny. J'aurais dû réagir plus tôt. Le premier amour de Dean qu'il a cru morte durant des années par sa faute, de la main de James.

Premièrement, je suis extrêmement soulagée de voir que James n'a finalement tué aucune femme, cela augmente mes statistiques de survie, deuxièmement, je pense à Dean. Ce retour imprévu dans sa vie a dû le bouleverser.

— Il ne veut pas de toi. Juste d'elle.

— C'est faux.

— Je te jure que non.

Elle n'est pas bien. Son visage se liquéfie et d'un rapide mouvement de la main, subtil et discret, James m'ordonne de monter l'escalier. Je n'hésite pas un instant et je grimpe quatre à quatre les marches pour m'enfermer dans la chambre. Je n'aurais jamais pensé me sentir plus en sécurité ici qu'en bas.

J'ai vu la haine de Jenny et cela m'inquiète.

— Reviens !

C'est la voix de James que j'entends en bas, puis plus rien.

Le plan n'a pas l'air de se passer comme prévu… Vais-je en subir les conséquences ?

Chapitre 9

James

Après avoir regardé Jenny s'enfuir comme une lâche à la fin de notre discussion, je décide d'aller parler à Julia. Elle a besoin de comprendre ce qu'il se passe. De toute façon, le plan est en train de se mettre en place, nous n'allons pas pouvoir retourner en arrière. Je vais devoir la sortir de ce bâtiment et mieux vaut qu'elle sache absolument tout ce qu'il se passe avant. Un mauvais pressentiment me tord les boyaux. Je sens que tout peut déraper. Il me reste encore plusieurs jours pour tout peaufiner, mais ça va trop vite. Et je n'ai pas l'impression d'être soutenu par Jenny comme il le faudrait.

— Faut qu'on parle.

Je lâche ça avant même que s'ouvre complètement la porte. Julia est assise sur le lit et elle me fixe avec des yeux noirs.

— Je suis d'accord.

Au moins, pas besoin de batailler pour avoir cette conversation.

Je me pose sur le lit et je commence :

— Qu'est-ce que tu veux savoir ?

— Pourquoi suis-je ici ?

— Pour que tu ne puisses pas parler et dire ce que tu sais. Que Dean ne le fasse pas non plus en ayant peur de ce qui pourrait t'arriver.

Mon honnêteté la perturbe, mais elle enchaîne.

— Pourquoi dans cet endroit ?

— Pourquoi pas. Lieu insonorisé, un bâtiment qui était à une entreprise en redressement judiciaire et qui ne m'a pas coûté cher.

— Qui est Jenny ?

— Ça, tu le sais je crois.

Elle grimace, mais je décide de ne pas faire de rétentions d'informations à ce stade.

— Une amie de longue date que Dean a aimée.

— Amie ? À toi ?

— Oui. Avant Dean d'ailleurs, mais il ne le sait pas. Tu n'as pas d'autres questions qui ne la concernent pas ?

Le sujet ne me plaît pas puisque je ne sais pas ce qu'elle est repartie faire avec Dean et cela m'agace.

— Les examens médicaux, les piqûres, la drogue… pourquoi ?

— Pour que tu aies un bébé. Enfin, pas la drogue, ça, je n'ai pas réussi à gérer Jenny.

— Un bébé ?

— Jenny a eu un souci jeune et elle ne peut pas porter d'enfants. Néanmoins, elle peut en féconder un…

— Tu voulais que je devienne une mère porteuse pour cette folle ?

Julia vient de se lever brusquement et je la regarde faire les cent pas dans cette pièce.

— C'était gagnant-gagnant. Tu voulais être mère, non ? Elle avait pour objectif de te faire tomber enceinte de jumeaux et…

— Vous êtes complètement malade.

Je ne dis rien. Ce plan ne m'a jamais plu à vrai dire. Les enfants, je n'en ai que faire, mais pour Jenny et Julia, cela avait l'air si important que j'ai réussi à me laisser convaincre.

— Ça a marché ?

— Non.

Elle soupire de soulagement et je la comprends.

— Pourquoi tu me gardes au lieu de me tuer ?

J'écarquille les yeux. Je n'ai jamais pensé mettre fin à ses jours.

— Je ne suis pas un monstre !

— Tu tues de sang-froid, tu manipules, tu kidnappes, tu…

— Tu ne me connais pas !

Je hurle pour me défendre, debout à mon tour.

— Je t'ai aimée, Julia, je ne pourrais jamais te faire du mal !

Elle me toise avant de se mettre à rire, ce qui est terrifiant.

— Arrête de me faire croire ça. Tu te fous de moi. Je ne suis qu'un jeu, un numéro, un moyen de blesser Dean.

— C'est toi qui dis ça ? Tu m'as trompé avec lui alors que tu étais mariée !

Elle recule contre le mur sans rien dire. Je viens de la blesser.

— Ne te fais pas passer pour le saint, James. Tu es un monstre. Oui, je n'aurais pas dû tromper qui que ce soit, mais lui, c'est un homme bien.

— Non ! À cause de lui j'ai perdu ma vie, mon avenir, tout ce que j'avais bâti !

J'ai lâché ça dans un dernier hurlement avant de tomber en face d'elle, appuyé contre l'armature du lit.

— Je ne comprends pas, souffle-t-elle après avoir attendu plusieurs minutes.

Bien sûr qu'elle ne sait pas. Dean n'a raconté qu'un fragment de l'histoire.

Chapitre 10

Julia

— Qu'est-ce que tu veux dire ?

Il m'observe en ne sachant pas quoi me répondre. Il divague entre Jenny, Dean... Je suis complètement perdue. Qui est le méchant de l'histoire à la fin ? Qui a fait quoi et pourquoi ? J'ai l'impression d'être une balle de ping-pong qu'on jette d'un côté et de l'autre de la table sans explication.

— Que le plan ne vient pas de moi. Les femmes sont bien plus vicieuses que les hommes, crois-moi.

Je fronce les sourcils, ne comprenant pas très bien pourquoi il joue les victimes.

— Elle ne fait que suivre tes ordres.

— Si seulement... Je l'ai rencontrée, j'étais perdu et je ne savais absolument pas comment me sortir de mes ennuis. Elle était la fille d'un homme important, d'une mère coincée, et ne pouvait pas espérer mieux qu'un destin tout tracé. Elle m'a récupéré comme on le fait avec un chaton sur le bas-côté.

— Je ne te crois pas.

— Tu aurais vu à quel point elle a créé de toutes pièces celui que je suis. Je ne savais pas ce qu'étaient les affaires avant de la rencontrer. Elle m'a tout appris, comment négocier, effrayer... Nous avons monté ça à deux grâce à l'argent qu'avait mis son père de côté pour ses études. Elle était manipulatrice, douée et visionnaire.

— Tu n'aurais jamais toléré qu'elle prenne un autre homme.

Il grimace.

— Je n'ai pas apprécié, c'est vrai. Je me souviens encore du jour où elle me l'a dit, cela a été très compliqué pour moi. Mais Dean nous était nécessaire. Pour elle, il fallait avoir des hommes de main dans tous les métiers, et son passif familial était cohérent avec une dépendance aisée au groupe. Elle a réussi à le mettre dans sa poche et à tester sa fidélité.

— Qu'est-ce qui est arrivé ?

— Il… J'avais l'impression qu'il devenait faible, et même si Jenny m'assurait que non, il a commencé à vouloir envisager un avenir sans nous. Elle l'avait remarqué, mais me cachait des informations, car elle s'était attachée à lui.

— Tu es devenu jaloux.

— Oui.

— Et donc tu as voulu la tuer ?

— Jamais.

Il a l'air vraiment blessé que je lui dise une telle chose.

— J'ai essayé de mettre Dean dos au mur pour voir s'il était capable de prendre les solutions qui s'imposaient au bon moment.

— Mais Dean a monté son plan pour sauver ses amis. Elle était au courant, elle te l'a dit et tu as décidé de te venger.

— Je voulais le tuer, avoue-t-il. Jenny a dit que c'était trop doux pour une telle trahison.

— Elle ne voulait surtout pas le voir mourir, lâché-je en rigolant.

Il ferme sa main sur ma mâchoire et me fixe d'un regard noir.

— Ce n'est pas ce que tu crois. Elle l'a brisé en mille morceaux et m'a choisi.

— Avec qui est-elle maintenant ?

James me fixe et lâche ma mâchoire sans avouer que j'ai raison. D'ailleurs, cela commence à m'inquiéter d'en venir à cette conclusion puisque pour que son plan fonctionne, cette femme doit attendre que James meure pour ensevelir toutes les preuves.

Or, je suis avec lui.

— Elle va nous tuer, dis-je.

— Non. Elle m'aime.

— Écoute, James, je crois que tu es aveuglé par l'amour, car elle ne t'aurait jamais demandé de m'épouser si…

— C'est parce que Dean t'avait à l'œil. C'est simplement pour le rendre malade que nous avons fait ça.

— Je… Tu m'as rencontré avant lui.

— À vrai dire, le même soir. Tu as même failli partir avec lui sans t'en rendre compte. Mais il n'avait pas le droit de t'approcher.

— Qu'est-ce que tu veux dire ?

— Ah… je vois qu'il n'a pas été très franc sur la vérité donc.

— Si, je sais tout.

— Tu sais qu'il était conscient que je te draguais et t'embarquais dans ce piège sans que tu ne le saches ? Il t'a dit être conscient de ce que tu pourrais vivre avant même que ça ne commence ? Du plan de ses amis pour te faire tomber dans mes bras ?

La bile me monte à la gorge et je ne me sens pas très bien. Dean n'a pas pu me faire ça, c'est impossible.

— Pour sa défense, il ne pensait pas que je le savais. Il était malheureux et voulait se venger de la mort de sa fiancée. En plus, la cible, c'était ta copine normalement, mais elle est tombée ivre morte et le courant est tout de suite passé entre nous, c'était plus simple de jouer la comédie avec toi. Jenny m'en a voulu d'avoir changé les plans, elle pensait qu'il se douterait de quelque chose, mais non.

J'essaie de me souvenir de cette époque sans trop y parvenir. Tout le monde était inconnu pour moi. La ville était immense et je parvenais difficilement à prendre mes marques. C'est aussi pour cela que je passais mon temps dans cette même brasserie qui…

— Attends, je me souviens d'où j'ai déjà vu Jenny ! Elle était serveuse à New York !

Il sourit et pose la tête contre le mur, sa tempe toujours saignante.

— Dis donc, tu en as mis du temps à te souvenir. Je pensais qu'au moment où tu croiserais son visage, cela te viendrait comme une évidence.

— Je… J'avais l'impression de vivre un déjà vu, oui, mais sans en être certaine. Et quand on est kidnappée, ce ne sont pas les meilleures conditions pour réfléchir.

— Désolé, elle disait que tu ne voulais pas me voir et je le comprends tout à fait. Si tu n'avais pas été violente avec elle, nous n'aurions pas eu besoin de t'attacher comme une bête.

Je ne dis rien même si cela me démange les lèvres de lui montrer à quel point cette folle l'a manipulé. J'ai toujours été attachée, je n'ai même pas pu lui cracher dessus et même si je n'avais pas envie de le voir, je n'ai rien dit allant dans ce sens.

— Tu l'aimes vraiment beaucoup ?

Cette discussion est irréaliste, mais ça me fait du bien de lui parler. Malgré tout ce qu'il se passe, je connais James, comparé à cette folle. Je n'ai pas peur de lui comme d'elle.

J'espère d'ailleurs avoir encore un peu de répit avant son retour.

— C'est la femme de ma vie. Sans elle, je ne suis rien.

Mon esprit fait une drôle de chose. J'imagine rencontrer James avant sa rencontre avec Jenny et je suis sûre que cela n'aurait pas du tout été la même chose.

— Tu m'as aimée ?

Il hausse les épaules. Cette femme lui a tellement retourné l'esprit qu'il ne sait plus ce que cela signifie véritablement et cela me fait de la peine.

— Si tu veux mon avis, parfois quand nous étions tous les deux, tu ne pensais plus à elle.

— C'est…

Il allait dire « faux », j'en suis persuadée, sauf que cette fois, le mensonge ne sort pas aussi aisément.

— Ce n'est pas grave de m'avoir aimée. Mais elle n'a pas dû apprécier quand elle t'a perdu un peu avec moi. C'est pour ça que tu n'étais pas présent pour la préparation du mariage ?

Il acquiesce sans rien dire et je me sens tout d'un coup soulagée. Le problème ne venait pas de moi. Je ne suis pas responsable du fiasco de ce mariage. Néanmoins, cela ne change rien à cette douloureuse sensation de trahison que je ressens.

— Tu es tombée amoureuse de Dean, toi, non ?

— Oui, ris-je. C'était vraiment n'importe quoi notre union.

— Je suis d'accord.

Il pose sa tête contre mon épaule et l'angoisse des derniers jours s'évapore un instant avant que je me souvienne de mes chaînes.

— Tu ne pourrais pas…

Je soulève mes mains pour lui montrer les liens que j'ai défaits, puis la porte fermée, mais il fronce les sourcils.

— Non, je ne peux pas sans l'avis de Jenny.

Je soupire. Autant dire un non définitif dans ses conditions. De ce qu'il me dit sur elle, je doute revoir un jour le soleil. Elle veut les deux hommes pour elle.

— Tu sais pourquoi elle est comme ça ?

— Elle m'a parlé de sa mère qui était soumise à un homme important mais violent.

— Ah…

Elle a voulu garder le « important » en enlevant la soumission et elle s'en sort plutôt bien à ce que je vois. Si pour ma part, j'ai été irréprochable et honnête, je vois qu'aucune personne autour de moi ne l'a été et que Jenny gagne en jouant la carte du mensonge et de la manipulation.

— Ce n'est pas une vie que vous avez…

— Elle est heureuse quand elle est avec moi, dit-il.

— Vraiment ? Combien de temps la voyais-tu ? Que faisait-elle quand tu n'étais pas avec elle ? Elle travaille ? Elle a des enfants ?

— Elle…

Il s'apprête à me répondre quand la porte d'en bas claque.

— Elle est là.

Je vois de la peur passer devant ses yeux et il sort vite de la pièce en espérant ne pas avoir été vu.

Le souffle court, j'essaie de capter leur conversation sans y arriver.

Je ne parviens qu'à entendre deux claquements de portes, je crois que je suis seule dans ce bâtiment. Pour la énième fois et j'ai bien l'intention que cela soit la dernière.

Partie 3

« *Se perdre pour mieux se retrouver.* »

Chapitre 1

Dean

Je suis dans la salle de sport et je ne sais pas comment je suis arrivé ici. Mark et Sy sont là, ils m'ont attendu. On devait se retrouver pour avancer dans notre plan et effectuer quelques achats indispensables. Je suis physiquement là, mais je marche comme un automate.

Je la revois. Était-ce un rêve, une hallucination, un délire de plus ?

James a peut-être raison, je suis en train de dérailler. La disparition de Julia m'a certainement plus touchée que je l'imaginais ; elle me manque tellement que je me raccroche à mon premier amour. Pourtant, Jenny était là, toute proche et en vie, elle me sourit… Je suis prêt à entendre le son de sa voix quand tout s'arrête.

Elle fait demi-tour sur elle-même et s'éloigne de moi. Je ne comprends pas ce qu'il se passe. Perdu, je ne réagis pas assez rapidement, et quand je commence à courir après elle il est déjà trop tard. Elle n'est plus là. Était-ce un mirage ? Ai-je rêvé cette femme ?

Je suis complètement pétrifié quand une main se pose sur mon épaule.

— Tout va bien, dis ?

Je l'observe sans trop savoir quoi lui dire. Est-ce une bonne idée de lui avouer que je suis en train de perdre pied d'imaginer mon ex-copine, décédée, réapparaître des années plus tard devant moi dans la pénombre de mon appartement ? Non, bien sûr que non. Je sais très bien que toute la bande se préoccupe déjà de mon état mental à cause de la disparition de Julia, je n'ai pas envie d'en rajouter. Et en plus, il y a aussi l'histoire de cette lettre qui me hante.

C'est complètement perdu que je le suis dans des boutiques. Heureusement que je lui ai demandé de venir avec moi. Il s'occupe d'acheter tout ce qu'il y a sur la liste, moi je l'accompagne. Je ne suis qu'un figurant dans la préparation de ce que nous sommes en train de faire. Même si j'ai décidé chaque étape du plan, j'ai l'impression d'être à des milliers de kilomètres de ce qui nous attend. Il y a tellement de choses en ce moment dans ma vie. C'est d'ailleurs effrayant. Je devrais être à cent pour cent pour Julia, mais j'ai l'impression qu'on m'entraîne sur une autre piste.

Elle paraît dangereuse, sinueuse… Mais une partie de moi a envie de l'emprunter. Je ne sais absolument pas pourquoi. Peut-être que j'espère qu'enfin tout va s'éclaircir sur mon passé, mon présent et surtout mon avenir. Je rêve sans trop y croire d'un *happy end* digne d'un film. Pourtant, Tara a été claire. Je ne dois pas perdre de vue mon objectif. Il est clair et précis. Je dois faire payer James pour ce qu'il a fait de ma vie et récupérer Julia, coûte que coûte.

Et c'est contre toute attente que je me souviens d'hier soir.

*

12 heures plus tôt

— Qu'est-ce que tu fais là ?

C'est une question sans vraiment en être une. Je n'ai absolument pas envie de savoir comment elle peut être devant moi. Pour moi, c'est impensable, il doit y avoir une autre explication. Peut-être même que ce n'est pas elle. Je sais très bien qu'on peut avoir des sosies dans la vie. Il est possible que cette femme soit une complète inconnue et que je viens juste de me fourvoyer. Je suis tellement épuisé. Un miracle comme ça, serait trop beau et en même temps impossible, puisque j'ai vu cette femme mourir. Elle ne peut pas être encore en vie.

Tout du moins, c'est ce que j'essaie de me répéter, jusqu'à ce que je la voie. Ses yeux qui partent sur le côté. Son sourire qui se crispe pour former un creux au bas de sa joue. Ces détails, peut-être anodins pour un inconnu, résonnent en moi comme un douloureux souvenir. Je me rappelle encore que je la taquinais toujours sur cette petite fossette. J'étais moqueur parce que je savais que c'était une particularité qu'il m'était donné de voir, moi seul, son copain.

C'est à cet instant que je me rends compte que les années ne changent rien. On se souvient avec exactitude des agissements, des gestes, du temps, d'une voix… Néanmoins, mon esprit ne veut pas le croire. Je ne peux pas imaginer un seul instant que cette femme devant moi est bien celle que j'ai aimée durant des années. Celle que j'ai pleurée des heures durant. C'est impossible de le concevoir.

C'est pour cette raison que j'attends, le souffle coupé, qu'elle me contredise.

Je la vois ouvrir la bouche. Et elle ne dit rien et pourtant j'ai l'impression d'avoir le cœur brisé en deux. Il y a parfois l'instinct qui parle avant toute autre chose. Sa façon de me regarder a changé. Ce n'est pas une inconnue qui m'observe. Bien au contraire. J'ai l'impression de recevoir le poids des années en plein visage.

Elle est devant moi tandis que je ne réalise pas ce qui m'arrive. Elle est vivante. Jenny, l'amour de ma vie. Comment est-ce possible ?

— Tu ne veux plus de moi ?

Ma bouche bégaie. Est-ce un rêve ? J'ai tellement peu dormi. Julia hante mes nuits en temps normal, mais là, il s'agit de la première femme que j'ai aimée. Celle que j'ai pleurée durant des années.

— Je...

— Dean, regarde-moi et dis-moi que je ne te plais plus.

— Ce n'est pas ça, murmuré-je.

Ses doigts glissent sous mes vêtements. Elle s'attaque à ma ceinture quand elle plonge ses yeux dans les miens.

— Si tu ne le veux pas, dis-le-moi. Repousse-moi.

Je me souviens encore de cette nuit-là, où je n'ai pas réussi à la sauver. Où je l'ai abandonnée à son sort. Complètement tétanisé entre la peur et le bonheur de la voir, je suis incapable d'arrêter ses caresses. Je sais qu'il ne faut pas, mais c'est plus fort que moi. Mon corps réagit instinctivement, elle me connaît. Chacune de mes faiblesses lui est connue.

— Détends-toi, Dean.

Elle glisse ça au moment où sa main atteint son objectif. Je lâche un râle et relâche la tête en arrière.

— Tu m'as tellement manqué.

Son souffle est chaud et je pense tout d'un coup la même chose. J'ai l'impression de retourner dans ma chambre d'adolescent à revivre nos premiers émois.

Ses gestes sont ordonnés, parfaits et si agréables que j'en oublie la situation. Mes mains se referment sur le bureau tandis qu'elle s'occupe de mon plaisir. Quand je me mets à trembler, un râle plus profond que les autres s'échappe de mes lèvres, ce qui a l'air de la réjouir. Elle se redresse et m'observe avec attention.

Je cligne des paupières, et pour la première fois, ce qui arrive après une telle extase est l'envie de vomir. Je m'écœure sans raison et je dois la repousser pour aller aux toilettes.

Les litres d'eau bus dans la journée ressortent dans la cuvette sans que je ne puisse faire quoi que ce soit.

— Tu es sérieux, Dean ? Je te fais vomir !

Incapable d'avoir une conversation avec elle à cet instant, je pousse la porte de la salle de bain devant elle pour l'empêcher d'entrer.

Le geste est un petit peu violent, mais je n'ai pas d'autres choix. Je ne sais absolument pas ce qui m'arrive. Je n'ai jamais réagi de la sorte, même lorsque je n'avais que des relations d'un soir avec des femmes qui ne me plaisaient pas vraiment. Peut-être parce qu'au final, avec Julia, on s'était promis que c'était enfin le moment d'essayer tous les deux, et que depuis ce soir-là, je ne l'ai pas revue. Peut-être aussi parce que j'ai cru tellement longtemps que Jenny était morte que je n'arrive pas à m'imaginer avoir fait une telle chose avec elle. Comme si je venais de le faire avec un mort-vivant. Je n'ai absolument aucune idée de ce qu'il se passe dans ma tête, j'essaie de comprendre le plus rapidement possible pour pouvoir avoir une conversation avec la femme qui m'attend de l'autre côté de cette porte. Sauf que ce n'est pas aussi simple que ça. J'ai la sensation que mon corps entier rejette ce que je viens de vivre.

Ça faisait des semaines que j'espérais avoir un signe. Quelque chose qui me prouve que j'ai un avenir, l'espoir et la possibilité d'un futur. Mais pas une seule minute, je n'ai voulu, je n'ai désiré ni souhaité avoir Jenny dans mon salon. Cela fait bien longtemps que je suis passé à autre chose… Pour moi, nous, c'est terminé, elle fait seulement partie de mon passé.

Mais comment lui dire ça, sans la briser en mille morceaux ?

Je l'ai abandonnée une fois, je ne me sens pas capable de recommencer. Et pourtant, je n'ai pas d'autres choix.

Tout se mélange dans ma tête, je me pose contre le carrelage froid et inspire profondément. Ma tête est lourde et je l'incline sur le côté. La fraîcheur des murs m'aide à reprendre un petit peu mes esprits. Il faut que je réagisse. Sauf que mes jambes sont complètement raides. Je m'en veux tellement de l'avoir laissée me toucher.

Chapitre 2

Jenny

Quand je me réveille, je suis toute seule dans les draps et j'ai une drôle de sensation dans la gorge, amère et pleine de rancunes.

Hier, Dean m'a repoussée et je ne sais plus quoi faire. Notre plan devait montrer à quel point il n'avait pas réussi à m'oublier pour briser le cœur de cette idiote de Julia.

Bon, c'était peut-être mon plan et non celui de James. Mais lui voit trop petit et il veut seulement se venger de Dean qui étant jeune a failli exploser notre business lorsqu'il a paniqué.

Moi, j'ai toujours vu plus grand et c'est grâce à ça qu'on en est là aujourd'hui. Mais James n'est pas capable de prendre les décisions qui s'imposent et frapper le poing sur la table.

Je me lève du lit de la chambre d'amis que Dean m'a préparée en vitesse juste après mon arrivée un peu étrange. Si nous avons eu un contact physique, je ne l'ai pas vraiment revu après sa fuite dans la salle de bain. Il a dû y passer plusieurs heures et j'ai sommeillé dans le canapé en l'attendant, un peu hébétée de sa réaction. Quand je l'ai entendu préparer la chambre et le lit, je n'ai pas osé me lever d'un coup pour le rejoindre et cela a été mon erreur. J'étais encore dans le canapé à me réveiller tranquillement quand il m'a glissé de l'escalier :

— Tu as une chambre en bas prête. Je vais me coucher, demain je commence tôt. Tu pourrais prendre un petit-déjeuner et m'attendre pour qu'on…

Il n'avait pas terminé sa phrase ne sachant pas quoi dire véritablement. En même temps, que pouvait-il dire ?

« On rattrape les dernières années autour d'un déjeuner ? »

J'imagine que pour lui, rien n'est simple.

Je n'ai qu'une vieille chemise à lui que j'ai trouvée dans la salle de bain comme pyjama et je décide de remettre les mêmes vêtements qu'hier pour ne pas rester dans cette simple tenue.

Il est déjà tard et j'ai bien dormi. Cela fait du bien de pouvoir regarder l'extérieur sans avoir peur d'être vue et je profite de la belle vue de la maison de Dean pour prendre un bain de soleil de l'autre côté de la vitre.

C'est terminé de vivre cachée. Dean et James pourront aisément prendre soin de moi sans que j'aie besoin d'avoir peur de mon père. Il ne pourra rien contre moi ici. Un avocat et un chirurgien, qu'est-ce qui peut me toucher dorénavant ? Oui, il aura fallu de nombreux sacrifices, mais j'ai réussi.

Je dois juste éliminer Julia de l'équation et tout ira bien. Mais il faut faire ça de façon intelligente et ce n'est pas encore le moment de me révéler au monde. Je dois m'assurer qu'elle ne sera plus un souci. Si je dois d'ailleurs choisir entre l'un des deux hommes de ma vie, Dean passera en priorité. James ne me fera de toute façon aucun tort ayant les pieds dans nos magouilles depuis trop longtemps. Certes, je l'ai poussé à tout faire, mais les hommes qui ont travaillé pour moi n'ont vu que James depuis toutes ces années. J'ai contrôlé dans l'ombre et cela continuera jusqu'au bout.

Je m'attache les cheveux en une queue de cheval haute et fixe la dernière cicatrice que mon père violent m'a offerte. C'était le soir où James a fait semblant de me tuer.

— Deux pierres, deux coups, avais-je dit. Tu tiens définitivement Dean dans notre organisation en le faisant complice d'un meurtre et principal suspect. Et j'obtiens une sorte de liberté puisque mon père me pensera morte.

James avait eu du mal avec cette idée jusqu'à ce que Dean refuse de s'occuper de Mark. Ce traître avait tout de même tenté de nous vendre aux services de renseignements et ces dernières années, nous avons dû redoubler d'efforts. C'est d'ailleurs à cause d'eux que nous avons quitté l'est pour l'ouest. Tout du moins officiellement. J'attendais surtout de trouver un nouveau moyen de rentrer en contact avec Dean.

Néanmoins, en soufflant à James de mettre Julia dans le même hôpital, jamais je n'aurais cru qu'il s'amouracherait d'elle. Décidément, cette femme est à bannir du tableau si je ne veux pas tout perdre.

Profite de tes derniers jours, ma belle !

Chapitre 3

Dean

J'ai vérifié deux fois qu'elle était dans la chambre d'amis avant de partir à l'hôpital.

J'ai beau essayer de me dire que tout ça est bien réel, je n'y arrive pas. Mon esprit me hurle de partir en courant, de plonger dans de l'eau glacée et d'ouvrir les yeux.

Je me suis même dit que j'aurais dû tout de suite appeler quelqu'un d'autre, une sorte de témoin pour être certain.

Et puis, je me suis rendu compte que personne ne la connaissait avant. Aucun de mes proches ne pourrait à l'heure actuelle me dire si c'est bien elle.

Et James qui se pointe dans mon service juste après qu'une infirmière m'ait accusé de mauvais traitement d'un patient à cause de mon état de dépressif chronique. Je n'ai pas bien réagi et c'est tout à fait normal, sauf que le directeur a jugé bon de me coller le fameux avocat que j'aime tant pour ne pas me voir dépasser les limites.

Il a fait son show sans que j'en comprenne le sens, m'a offert une menace non voilée sur le toit et a décidé que ça suffisait pour une journée déjà très mauvaise.

Sauf que je connais James, cela n'a pas pu être pour « rien » et cela m'effraie un peu.

— Docteur !

Une femme m'interpelle et je secoue la tête pour me remettre dans le travail.

— J'ai vraiment l'impression que mon fils a un problème. Je ne sais pas exactement ce qu'il se passe, mais quelque chose ne va pas.

Sans attendre une minute, je suis cette mère complètement paniquée. Je n'ai jamais eu d'enfants et je ne suis pas sûr d'en vouloir. Néanmoins, au fil du temps, j'ai réussi à savoir ce que cela faisait de perdre un proche et c'est encore pire quand il s'agit d'un enfant, un être qu'on aime démesurément.

Pour ne pas perdre de temps, je la suis dans le couloir en oubliant ce que j'étais en train de faire. De toute façon, cela n'a pas vraiment une importance capitale puisque depuis mon altercation, le directeur m'a demandé de remplir des papiers et en restant loin de l'infirmière en question.

J'ai l'impression que tout ce que je fais ne semble plus si important et utile. Je suis remplaçable et je le vois bien. On me gomme du quotidien de l'hôpital et le directeur, sans le dire, m'a fait comprendre que je n'allais pas rester longtemps entre ces murs si cela continuait ainsi.

Nous parcourons ensemble le couloir et j'essaie de m'imaginer comment moi-même je pourrais réagir si je perdais un enfant.

Je sais que Julia a déjà imaginé en avoir un de moi lors d'un rêve.

Elle m'en a parlé à demi-mot, un peu honteuse. Pourtant, elle n'a aucune raison de l'être, tellement de femmes et d'hommes souhaitent devenir parents.

C'est la chose probablement la plus naturelle au monde.

De mon côté, je n'ai jamais pensé aux enfants parce que j'avais l'impression que je ne serai pas un bon père.

Quand on sait à quel point ma mère n'a pas excellé dans son rôle, je me disais que je n'étais peut-être pas fait pour être père.

« C'est complètement idiot », m'a dit Julia quand je lui ai révélé cette peur. Même si je suis d'accord avec elle, c'est incontrôlable.

J'ai vu mon père angoisser durant des années pour moi, il se faisait un sang d'encre pour moi. Il s'en voulait de ne pas m'offrir la meilleure voie pour avoir une belle vie. Plusieurs fois j'ai essayé de lui faire comprendre que ce n'était pas sa faute et qu'il était aussi meurtri que moi. Que c'était simplement un mari abandonné qui avait peur que son fils paye les conséquences de ses propres choix. Pourtant, pas un seul instant je l'ai considéré comme responsable. J'aurais simplement aimé qu'il se batte un peu plus pour nous deux, puisque ma mère n'était plus dans notre vie.

Étrangement, je crois que j'étais plus dur avec lui qu'avec elle. Ma mère absente, je ne pouvais rien lui dire ni lui reprocher verbalement, pourtant elle était responsable de tout ça et je n'en ai jamais douté.

Elle nous a abandonnés du jour au lendemain sans explication ni excuse. J'aurais dû lui en vouloir, même aller la confronter, mais je n'ai rien fait.

J'ai préféré lâchement regarder mon père tout doucement sombrer. J'avais tellement peur de partir avec lui dans les bas-fonds de la déchéance que j'ai fait comme si je ne voyais rien.

Et à cause de Jenny et de James, c'est lui que j'ai abandonné.

Je réalise à quel point ils ont explosé ma vie et celle de mes proches quand j'examine le fils de cette inconnue.

Elle le prend dans ses bras et l'amour qu'il y a entre eux est incroyablement fort. J'aimerais revoir mon père. J'y pense souvent et les accusations qui pesaient sur moi à l'époque de la disparition de Jenny m'ont empêché de garder un lien avec lui. C'était trop dangereux. Mais tout ça, c'est terminé. Une fois Julia près de moi, j'irai le voir. Je rattraperai le temps perdu.

Je décide d'appeler mon fixe pour avoir Jenny au téléphone et la prévenir que je vais rentrer dans quelques heures à peine. Sans grand étonnement, elle ne répond pas et je laisse un message qui se lira automatiquement en haut-parleur.

— Jen', c'est Dean. Je rentre dans deux heures max, j'ai vraiment besoin qu'on parle. James est venu et j'ai peur pour Julia. Tu dois m'aider.

Je chuchote dans le téléphone pour que personne ne m'entende avant de raccrocher.

J'ai les cartes en main et j'ai bien l'intention de faire tapis rapidement.

Chapitre 4

Jenny

J'ai la haine. Dans son message, il a encore parlé d'elle. Mais pourquoi ont-ils l'air de ne voir que par cette femme, bon sang ? J'ai été la première. James m'a écoutée et suivie durant des années et Dean m'a pleurée. Je le sais.

Je fouille dans ses tiroirs à la recherche d'une photo d'elle. J'ai besoin d'être sûre qu'il n'y a absolument rien de cette personne dans cette maison. Pour me dire que c'est bon, tout est encore possible pour nous deux. Je vérifie s'ils n'ont pas emménagé ensemble, s'il n'y a pas son dentifrice et sa brosse à dents et quelques affaires très personnelles dans la salle de bain, sinon aucune chance que j'ai encore ma place. Je me souviens très bien de la manière dont il me regardait et c'est exactement avec les mêmes yeux qu'il m'a contemplée quand il m'a revue. Je ne suis pas folle. Jamais un homme ne se laisserait toucher par une femme s'il n'en a pas envie. J'ai bien senti que sous mes caresses, il réagissait comme à l'époque.

Il ne peut pas m'en vouloir de ne pas avoir été là à ses côtés pendant des années.

Cela a été aussi dur pour lui que pour moi.

Je sais très bien que c'est un homme bien, qu'il va essayer de ne pas me faire souffrir. Mais ce n'est pas ce que je veux. Il faut qu'il comprenne qu'il peut me donner une autre chance, nous donner une autre chance. Nous avons encore des années devant nous. Je sais qu'il va nous falloir du temps, ce qui n'est pas un problème pour moi. Mais pourquoi a-t-il réagi hier soir aussi abruptement ?

Jenny, ne panique pas. Tu l'as observé pendant des semaines avant de te décider à lui reparler. Tu es encore son genre de femme. Il n'y a aucun doute là-dessus. Arrête de t'inquiéter juste parce qu'il a l'air un petit peu distant. Essaye de te mettre à sa place. Cela fait des années qu'il pense que tu es morte. Cela ne doit pas être évident de te revoir, de réaliser qu'il a encore des sentiments, qu'il est attiré par toi et en même temps que cela ne peut pas être possible. C'est un homme d'honneur. S'il a promis quelque chose à cette femme, il doit simplement lui parler et lui expliquer la situation et ça sera fini. Il voudra être de nouveau avec toi, c'est évident. Il ne peut en être autrement, il te choisira.

Je fais les cent pas dans sa chambre en me répétant ce genre de phrases. Au bout d'un certain temps, un peu étourdie par mes allers et retours incessants, je suis obligée de m'asseoir. Le lit étant le meilleur endroit pour se calmer, je me pose dessus. Sauf qu'au moment où mes mains touchent les draps, je me glace. Je fixe le tissu et frissonne de dégoût. Et si cette femme est venue dans ce lit ? Je l'imagine nue faisant l'amour avec lui. Cette image m'écœure et je sens tout d'un coup une nausée monter en moi.

Tu dois réagir, ma fille ! Première étape comme disait ma mère, nettoyer une maison c'est essentiel. Pour pouvoir se sentir bien dans un lieu et se l'approprier, il faut que tout soit propre.

Étant rassurée face à mon plan de bataille, je me relève.

Je vais nettoyer et laver tous les draps et serviettes, ainsi que tous les meubles et objets qu'elle aurait pu toucher, désinfecter la salle de bain et la cuisine. Ce lieu doit être indemne de toutes traces de cette femme.

Il m'a dit qu'il revenait dans combien de temps déjà ? Deux heures ? C'est assez large.

Jenny, tout va bien.

Je croise mon propre regard dans le reflet du miroir et je souris. La fille battante, celle qui obtient toujours ce qu'elle veut et qui a décidé de reprendre sa vie là où elle s'est arrêtée il y a déjà bien trop longtemps est de retour. La seule chose au monde dont j'ai besoin, c'est de cet homme. Nous avions toujours dit qu'un jour il serait pompier et que nous serions ensemble. Alors, certes, maintenant il est médecin, chirurgien même, mais cela ne change rien. Je suis toujours sa Jenny, il est toujours l'amour de ma vie.

J'ai commencé à tout emballer dans la housse de couette quand une porte claque.

Je me fige littéralement et tends l'oreille. Quelqu'un vient d'entrer dans la maison. Je suis persuadée qu'il ne s'agit pas de l'homme que j'attends. J'arrête de respirer.

Je ne dois faire absolument aucun bruit. Cet intrus ne doit pas savoir que je suis ici. Dean a été très clair. Mon retour doit rester le plus discret et secret possible pour le moment. Je n'ai aucune intention de trahir sa confiance tout de suite. Debout, une boule de linge dans les mains, je ne sais pas quoi faire.

— Dean ?

Je suis presque contente d'entendre la voix d'un homme. Pendant une fraction de seconde, j'ai eu peur de voir l'une de ses conquêtes se ruer vers lui. J'ai bien vu à l'hôpital à quel point il avait du succès. C'est incroyable à quel point les infirmières tournent autour de lui. On dirait des abeilles collées à leur miel.

— Tu es là-haut ?

Je me tétanise. Pourquoi cet homme est-il aussi insistant ? Il ne peut pas sonner comme tout le monde chez les gens et attendre qu'on lui réponde, comprendre qu'il n'y a personne et faire demi-tour ? Je suis excédée par tous ces fouineurs qui tournent autour de l'homme que j'aime. Ils ne peuvent pas nous laisser un petit peu d'intimité ?

Qui rentre chez les gens, sans clés, sans invitation ?

Et j'aurais pu croire que Dean fermerait la porte d'entrée à clé. Visiblement, ma sécurité ne l'importe pas tant que ça.

— Je monte !

Mais il rigole, celui-là !

Je suis prête à lui crier un « Non » bien violent et terrifiant, jouant l'une des conquêtes de Dean dénudée et prise sur le fait, mais j'hésite.

Si cet ami est proche de lui, un jour ou l'autre, nous devrons être présentés et je me vois mal lui expliquer mon mensonge sans paraître suspecte.

Le meilleur plan qui me vient est de me cacher.

Le plus dur est de choisir le bon endroit. Je n'ai jamais été réputée pour être discrète, mais ces dernières années de ma vie m'ont permis de m'améliorer. De toute façon, je n'ai pas vraiment le choix, cet homme a l'air d'être bien décidé à visiter toute la maison pour trouver son ami. Décidant d'abandonner mon linge par terre, je me faufile dans la première penderie. Sauf qu'en l'ouvrant, je découvre qu'il n'y a absolument aucun vêtement, ce qui ne va pas beaucoup m'aider à me camoufler. Même si je doute que le visiteur ouvre tous les placards, je préfère trouver une cachette plus rassurante.

En un coup d'œil, je déniche l'endroit idéal, une sorte de meuble coffre-fort complètement vide. Étant plutôt fine, j'arrive à m'y faufiler. Néanmoins, cela reste très étroit donc personne n'aurait l'idée de venir me chercher ici.

C'est donc bien cachée, que j'attends l'arrivée de cet inconnu dans la pièce. Au vu du bruit de ses pas, il doit avoir une carrure assez imposante. Je ne pipe pas un mot et patiente sagement qu'il décide que cette chambre n'a rien d'intéressant.

— Tu fais le ménage ?

Je grimace. J'ai oublié le tas de linge en plein milieu de la pièce. Mais vu le comportement agité et parfois étrange de Dean ces derniers temps, je suis sûre que son ami est au courant qu'il traverse une passe un petit peu compliquée. Il ne sera sûrement pas étonné qu'il ait interrompu son action de ménage abruptement.

C'est en tout cas ce que je me répète pour me rassurer tandis que son ami s'avance vers la salle de bain attenante à la chambre. Pour un visiteur impromptu, il est plutôt très méthodique et cela m'agace. S'il prend autant de temps à visiter l'étage, je n'ai pas fini de l'entendre se pavaner au rez-de-chaussée. Je ne suis même pas sûre qu'il va vouloir partir sans avoir vu son ami.

Je suis à la fois heureuse de voir que l'homme que j'aime a des amis très présents dans sa vie, et à la fois c'est assez agaçant. J'ai bien l'intention de reprendre ma place. J'ai l'impression que tout le monde se ligue contre moi. Il va falloir qu'il comprenne, que j'étais là avant. Que je suis la femme de sa vie et qu'il n'aura pas réellement besoin d'autres personnes que de moi.

S'il est encore un peu tôt pour rafraîchir la mémoire de mon beau médecin, je compte bien ne pas être trop patiente non plus. Ma mère me disait toujours qu'il faut battre le fer tant qu'il est chaud. À vrai dire, je ne sais absolument pas d'où vient cette expression, mais elle m'arrange à cet instant. J'ai toujours pris des décisions à chaud. Le fait d'être ici résulte d'une fuite plutôt imprévue.

Dans la vie, il faut savoir faire des choix. Ce n'est pas toujours facile ni évident. Mais c'est essentiel.

Si Dean est incapable de décider, je lui démontrerai par A+B que moi, je peux le faire pour lui.

— Dean ?

Le visiteur ne baisse pas les bras et commence à visiter les autres chambres de l'étage.

Heureusement que la maison n'est pas immense sinon je finirais par tomber dans les pommes. Être dans ce placard est sacrément inconfortable. J'ai envie de pousser le bois et m'extirper à l'air libre de cette cage. Cette position me rappelle de mauvais souvenirs et j'aimerais bien que ça s'arrête. Pas un seul instant, je n'avais imaginé que rejoindre Dean ressemblerait à ça.

Même si je suis très heureuse du choix que j'ai fait, je n'arrive pas à croire qu'il m'ait laissée toute seule dès la première journée. C'est incroyable.

— Bon, je vais me servir une bière, si t'as envie de bouger, je suis sur la terrasse.

Pendant une fraction de seconde, j'ai l'impression qu'il s'adresse à moi. Pourquoi s'entête-t-il à parler à Dean alors qu'il sait qu'il n'est pas là ?

Si j'étais paranoïaque et complètement folle, je me dirais que la maison est habitée par quelqu'un d'autre. Cependant, je suis tout à fait saine d'esprit et je me raisonne.

Dean ne m'aurait jamais laissée avec une personne inconnue. Il veut mon bien. Il m'aime.

Fais comme chez toi.

C'est ce qu'il m'a dit. Il veut que cette maison soit la nôtre. Rassérénée, je sors de ma cachette en m'étirant avant d'inspirer profondément l'air de ce qui va être notre futur cocon. Notre bulle d'amour inviolable.

Je vais simplement devoir lui apprendre que les amis doivent sonner avant d'entrer dans une maison et qu'il faut prendre l'habitude de fermer derrière soi quand on sort pour éviter ce genre de visites impromptues.

Me recoiffant en passant devant le miroir, je constate que la peur m'a embellie. Les émotions fortes me conviennent et rehaussent mon teint parfois un petit peu trop pâle.

— Mais non, tu es ma poupée de porcelaine, m'a souvent soufflé Dean quand je râlais après mon teint terne.

— Je suis ta poupée pour la vie, chuchoté-je en observant mon reflet.

Doucement, je reprends le tas de linge et l'embarque dans la salle de bain à côté pour faire une première machine. En voyant par la fenêtre l'ami sur la terrasse, je décide d'activer le lave-linge. Quand celui-ci démarre, aucune réaction ne vient de l'extérieur et j'en suis satisfaite. Cette visite non prévue ne doit pas me faire dévier de mon objectif. Je peux me mettre à nettoyer la salle de bain de fond en comble.

Une fois les lavabos rutilants et la douche prête à accueillir nos deux corps enlacés, je continue mon ménage sans me faire remarquer.

Je m'occupe ainsi jusqu'au retour de Dean deux heures plus tard. Comme je l'avais imaginé, le costaud n'a pas décidé de partir. Si je n'ai pas encore vu son visage, rien que sa silhouette de loin m'inspire un homme rustre et têtu. Un ami qu'il faudra recadrer sans attendre vis-à-vis de ses habitudes avec Dean.

— Enfin, tu es là, s'exclame-t-il à peine celui-ci dans la maison. Ça fait des heures que je t'attends. Depuis quand tu pars sans fermer ta porte ?

Dean est perturbé et ne sait pas quoi répondre, il lance des coups d'œil plusieurs fois vers l'étage supérieur. Pour ma part, je suis cachée derrière la porte pour les espionner.

Je le vois paniquer. J'observe d'en haut pour voir si cet ami sait pour moi. Même si le fait qu'il me cache est plutôt plaisant au fond, j'ai également peur que cela soit une façon de ne pas m'intégrer dans sa vie. Il y a deux possibilités : soit il veut me protéger, soit me cacher.

Je préfère la première solution, mais je redoute la vérité.

— Tu es allé en haut ?

— Oui, pourquoi ?

Il lève les yeux vers l'étage et je referme la porte, le cœur battant la chamade.

Chapitre 5

Dean

Quand il me dit qu'il est déjà monté là-haut, je commence à paniquer. En temps normal, mon ami aurait tout de suite parlé d'elle. Si ce n'est pas le cas, c'est qu'il ne l'a pas vue. Autrement dit, elle est partie. Ou alors, comme je l'ai envisagé tout le long de mon service, ce n'était qu'un mirage. J'ai envie de jurer pour moi-même. Comment ai-je pu être aussi idiot pour croire qu'elle était là ?

Jenny est morte depuis des années. Je pensais avoir fait le deuil, mais la peur de perdre Julia a dû faire tout remonter.

Sans attendre, je monte les marches de l'escalier quatre à quatre. Je suis dans un état second. J'ai besoin d'être sûr qu'il n'y a personne. Me faire à l'idée que j'ai seulement halluciné. Ce n'est pas grave, ça arrive à plein de monde de s'imaginer des choses pour se rassurer. Une partie de moi avait forcément besoin de se raccrocher à une femme qui était importante dans ma vie alors que je suis en train de perdre la seconde.

Ces explications me paraissent tout à fait cohérentes et quand j'entre dans la première chambre, je ne suis pas étonné de ne rien voir.

Dans la seconde, cela n'est pas différent. Il n'y a personne.

Je m'avance vers la dernière, j'hésite un tout petit peu avant d'entrer tandis que mon ami me rejoint sans trop comprendre mon comportement. Il doit se dire que je suis complètement fou de fouiller ma propre maison.

Je n'ai aucune envie de lui expliquer et si je ne trouve rien, je n'aurai rien à lui dire à part que j'ai cru entendre quelque chose.

Ma main est tremblante quand j'ouvre la dernière porte. Comme je m'y attendais, il n'y a personne. La chambre est vide. Le lit est impeccable, il y a même une bonne odeur de lilas et absolument aucune trace de Jenny. J'ai encore perdu les pédales.

— Qu'est-ce que tu as ?

Il avance dans la chambre avec moi pour voir ce que je suis en train de vérifier. Sauf qu'au lieu d'avoir un visage complètement neutre, il se met à froncer les sourcils.

— Tu viens juste de rentrer, non ?

— Oui, tu m'as vu lorsque je venais juste de passer la porte d'entrée. Pourquoi ?

— Parce que quand je suis monté à l'étage pour te chercher, ce lit était défait. Il n'y avait absolument aucun drap. J'ai même été étonné, car ils étaient tous roulés en boule au pied.

Mon visage se décompose. Je bégaie quelque chose sans savoir quoi dire. Alors, elle était vraiment là, elle est en vie. Pourquoi cela ne me soulage absolument pas ? Je ressens même une pointe de déception et de peur quand je me rends compte que c'est vrai.

Cela me désole de me dire que je n'ai pas envie que Jenny, la femme que je considérais pendant des années comme l'amour de ma vie, soit de retour. Sauf que c'est la réalité. Actuellement, c'est Julia que je souhaite retrouver et elle seule.

Quel monstre suis-je ? Combien de famille rêverait de retrouver un proche disparu ?

— Dean, tu vas bien ?

Je lève des yeux complètement paniqués vers lui quand je me rends compte qu'elle n'est tout de même pas dans cette maison. Où est-elle partie ?

— Tu veux que je fasse venir les gars et qu'on vérifie la maison ?

Mon ami pense que j'ai certainement été cambriolé. Cependant, il a complètement tort. J'ai laissé ma maison à une complète inconnue, simplement parce que je culpabilisais de mon comportement. Cela me paraissait tellement logique de lui offrir le logis que je n'ai même pas imaginé une seconde qu'elle partirait sans un mot.

Peut-être voulait-elle simplement de l'argent ? Qu'est-ce qu'elle a fait durant toutes ces années ? Elle n'a pas voulu me parler hier soir. Elle a attendu que je monte pour bouger du canapé, ne souhaitant sûrement pas répondre à des questions potentielles de ma part. A-t-elle été kidnappée par James durant autant de temps comme il le fait maintenant avec Julia ? Je sais qu'il y a sûrement un traumatisme là-dessous, que James a dû être monstrueux, mais je ne peux pas l'aider si elle ne dit rien. Une part de moi n'a même pas envie de le faire.

J'ai de nouveau un mal de crâne, lancinant, m'empêchant de réfléchir correctement.

Décidant que j'ai besoin d'un bon remontant, je descends sans répondre à mon ami.

Il me suit sans un mot et m'observe me servir un cognac.

— Il est peut-être un petit peu tôt, Monsieur le médecin ?

Je ris. Il n'est absolument pas bien placé pour me faire des leçons de morale sur l'alcool. D'ailleurs, il le sait très bien. Je suis ce qu'on peut appeler irréprochable dans ce domaine. J'ai eu un père complètement dépressif et alcoolique, hors de question de finir comme lui. Cependant, ce dernier n'a pas eu un tiers des soucis que j'ai eus dans ma vie depuis quelques années. Je n'arrive même pas à tous les lister quand j'y pense.

— Tu veux me dire ce qui ne va pas ?

Dans ma tête, je lui réponds de la façon la plus honnête possible. *Tout va bien. Pourquoi cela n'irait pas ? Il y a déjà des années, j'ai perdu la femme que j'aimais, devant moi, parce que je t'ai sauvé la vie. J'ai dû changer d'identité, abandonner mon père déjà meurtri, oublier mes rêves de devenir pompier, me battre pour une femme complètement inconnue qui venait de faire battre mon cœur dans un bar miteux de New York. Et puis, il y a Los Angeles, j'ai commencé à créer une vie. Je me suis fait des amis, des collègues, la bande s'est réorganisée, nous avions des plans. Ils étaient bons. Puis j'ai merdé. Je suis tombé sur Julia ce soir de boîte de nuit. Je n'ai pas compris ce qui m'arrivait. J'ai loupé certaines lignes du plan, et tout a commencé à dégringoler. Je croyais que j'étais assez fort, que je pourrais penser vengeance et pas amour. Sauf que j'imaginais absolument toutes les minutes ce qu'il pourrait lui faire s'il se rendait compte à quel point j'étais attaché à elle. Alors ça m'a rendu malade. J'aurais dû réagir tout de suite. Au moment où j'ai réalisé que c'était la femme de ma vie, c'était cet instant-là qu'il fallait saisir. Pas un autre. Sauf que non, j'ai été complètement idiot et je l'ai laissée partir. Je l'ai abandonnée.*

J'ai cru que j'avais absolument toutes les réponses aux questions. J'étais persuadé que j'étais capable de penser avant lui, de planifier, de gagner. À la place, elle a disparu. Du jour au lendemain, plus aucune nouvelle. Vous êtes incapables de la trouver. Et ce n'est pas mieux de mon côté. Alors j'ai voulu être un homme bien. Quand j'ai reçu des lettres dans mon casier, je n'ai pas pensé un seul instant que cela pouvait avoir un rapport avec eux. J'avais juste besoin de me sentir utile. De retrouver cette sensation que j'avais eue quelques années avant toute cette histoire. L'hôpital, c'est le lieu où je me sentais bien. Je soignais des gens. C'était peut-être irréaliste de me dire qu'il serait incapable de toucher à cet endroit, mais j'y ai cru jusqu'au bout. J'avais Harold, j'avais mes infirmières agaçantes, mes collègues chirurgiens machistes. Tout ce petit monde était réglé comme une horloge de mon côté. Je n'avais absolument pas peur. Et puis j'ai commencé à faire confiance à ce carnet. J'ai cru qu'il faisait partie de l'hôpital. Que c'était une infirmière qui avait mal. Une partie de moi espérait tellement m'évader dans les soucis de quelqu'un d'autre. Cependant, une fois le colis ouvert, mon monde s'est écroulé encore une fois. Je ne sais même pas comment c'est encore possible d'être debout après tout ça. Elle est en vie, Mark. Jenny est apparue devant moi, complètement en vie. Elle n'a pas l'air malade, ni battue, ni changée. J'ai l'impression de la retrouver telle qu'elle. Comme si j'étais dans un vieux film. Sauf que non, c'est la réalité. Celle que j'ai cru morte pendant des années est là quelque part dans Los Angeles. Elle était dans mon appartement il y a encore quelques minutes. Peut-être que tu vas penser que c'est une bonne nouvelle. C'est vrai, au final ça veut dire que James n'est pas un tueur. Mais alors qu'est-ce que ça veut dire ? Tout notre combat, a-t-il un sens ? Je ne comprends même pas pourquoi il a voulu prendre Julia. Et elle, qu'est-ce qu'elle attend de moi ? Je ne suis pas sûr d'être capable de l'aimer.

Il y a des dizaines de questions qui se mélangent dans mon esprit et j'aimerais tellement pouvoir t'en parler. Sauf que je te connais. Tu ne lui laisserais absolument pas le bénéfice du doute. Je lui ai demandé de ne rien dire sur son retour et elle m'a fait la promesse de faire la même chose de mon côté. Tu sais à quel point je tiens mes engagements. Je n'ai jamais rien fait et j'ai déjà abandonné une fois. Il est hors de question que je trahisse sa confiance. Néanmoins, je n'ai absolument aucune confiance en elle. Je sais très bien que tu serais d'accord avec moi. Dans quelque temps, je t'en parlerai. Pour le moment, il va falloir que tu te contentes d'une simple réponse laconique. Mon ami, je suis vraiment désolé de te mentir. Ce n'est pas ma volonté. Probablement que tu trouverais des solutions plus rapidement que moi. Tu as toujours été meilleur dans les plans.

Et c'est ainsi que ce qui sort de ma bouche n'a rien à voir avec ce que j'ai à l'esprit.

— Tout va bien, j'ai juste du mal à dormir et ça me fait faire des choses un peu dans le désordre.

Je ne sais absolument pas si Mark va se contenter de ça. Je l'espère très fortement. Il s'apprête à me répondre, quand la voix de Sy se répand dans le rez-de-chaussée.

Il est difficile d'être plus dans le bon tempo. Sans le savoir, l'homme à la mine sombre qui rentre dans ma cuisine est exactement ce que j'attendais comme diversion.

Mark se tourne tout de suite vers lui, en lui demandant pourquoi il tire une tronche :

— Si vous saviez…

Vu que ni lui ni moi ne sommes capables de répondre à sa place, nous attendons sagement qu'il poursuive. Mais Sy a un petit côté théâtral. Il aime bien faire poireauter son assistance.

Il se sert une bière comme s'il était chez lui, s'assoit en croisant ses jambes, pousse de longs soupirs avant de nous regarder d'un air solennel.

— Sept ans que je me casse le cul à ne pas me prendre d'amende. Vous savez à quel point, avec ma conduite, c'est compliqué. Néanmoins, j'avais réussi. Sauf que cet idiot, là, il a confondu un stationnement autorisé à celui d'un enlèvement de fourrière. Ce qui fait que ma voiture, en plus d'avoir reçu une prune, vient de se faire emmener dans leur terrain vague où traîne la moitié de la racaille de l'État. Résultat : je suis incapable d'y aller. Je vais devoir payer quelqu'un, qui me ressemble à peu près, avec mes faux papiers, en espérant qu'il joue bien la comédie, pour récupérer ma bagnole.

— Quand tu parles de cet idiot, tu désignes qui ?

Je ris. J'avais exactement la même question en tête, mais Mark m'a devancé.

Sy paraît désespéré qu'on ne soit pas au courant.

— Spencer, le patron de la station d'ambulances. Celui qui devait m'aider. Me faire rencontrer du monde. Ce mec est une vraie plaie. Je ne sais absolument pas pourquoi on lui a demandé quoi que ce soit. Heureusement que son collègue, le petit jeune un peu tatoué, est un peu plus débrouillard.

— Mark le déteste.

Cela semble faire marrer Sy, qui rajoute :

— Oh non, mais ça, c'est normal. Il a des tatouages, il est plutôt beau gosse, des tablettes absolument partout et un sourire à tomber par terre. Quel homme peut aimer ce Speedy ?

— Moi.

J'avoue apprécier ce nouvel ambulancier.

— Normalement, tu rivalises avec ton statut de médecin et tes tablettes. Mais lui, c'est toi en version miniature.

— Qu'est-ce que Spencer t'a appris ?

Mark coupe notre conversation sur le *sex appeal* des métiers pour revenir à nos moutons. Tout du moins aux leurs puisque je n'ai aucune idée de ce que faisait mon ami avec le patron de la 21.

— Il connaît deux-trois tuyaux. Mark s'est rendu à de bonnes adresses. Je pense que Julia était dans l'un de ces bâtiments.

— Lizzie penche pour deux à côté de l'avenue. Selon elle, proche des grands axes, chics mais pas résidentiels, c'est parfait.

— Tu l'aimes bien, cette petite Lizzie, le taquine Sy.

— Tu veux recevoir une bouteille de bière au visage ?

La menace de Mark calme tout de suite notre compère et je ris. Ils ont toujours été comme chien et chat. Remarquez, l'un et l'autre ont déjà essayé de se tuer dans le passé.

— Bon, c'est quoi le plan ? On défonce les portes des bâtiments louches ?

— Ça me plaît, claque Mark.

Je grimace. La force n'est pas une bonne idée, ni la précipitation. James doit déjà nous imaginer avec cette conversation.

— Il y avait du monde près des bâtiments ?

— Pas d'après ce qu'on a vu.

Je soupire en comprenant qu'ils n'ont aucune piste et que je ne vais pas avoir d'autre choix que d'opter pour le plan B. Surtout que l'arrivée de Jenny dans l'équation montre que James perd patience et que c'est dangereux.

— Je le vois mal laisser une femme complètement seule et sans surveillance alors qu'il est censé la retenir contre son gré. S'il n'y a personne, c'est qu'elle n'est pas là.

Pensant que les deux autres sont d'accord avec ma théorie, je n'en rajoute pas. C'est quand je vois le regard qu'ils échangent que je sens qu'il y a autre chose auquel je n'ai pas pensé ou que je n'ai pas vu.

Heureusement, ils s'empressent d'éclairer ma lanterne.

— À moins qu'elle ne soit pas en état de…

Sy ne termine pas sa phrase. C'est la première fois qu'il laisse potentiellement penser que Julia ne va pas bien. On n'a jamais vraiment abordé ce sujet. Sûrement à cause de moi. Je n'ai absolument pas envie de m'imaginer le pire. Je n'arrive pas à me résigner, à me dire que Julia est peut-être déjà morte dans un coin.

— On va bientôt le savoir. Je vais demander à James un entretien, zone éloignée, un échange. Elle contre moi.

Je ne sais pas pourquoi je ne parle pas encore de Jenny à mes comparses. J'écoute mon instinct.

— Vraiment ? Tu ne trouves pas ça un peu tôt ?

— Non. C'est le moment. James a tenté de me faire perdre mon poste ce matin. Il a réussi à mettre les infirmières de son côté et des policiers ont appelé mon directeur ce soir. Je vais être interrogé dans les prochains jours.

Les deux hommes grimacent avant de suivre mon idée.

— Où ? Besoin d'armes ? Combien d'hommes ?

— La 21. Vous. Personne d'autre.

— Tu veux des ambulanciers et juste nous ?

— Je ne peux pas avoir d'autres témoins que vous. Je n'ai aucune idée de ce qui pourrait se passer. D'ailleurs, vous ne viendrez qu'après un certain temps. James est intelligent, lui il aura du monde derrière lui. Je ne veux pas avoir un champ de bataille qui tire dans tous les sens et vous perdre.

— Tu vas te faire tuer, remarque Sy.

— Peut-être.

C'est une possibilité qui ne me fait plus peur. J'ai Jenny dans la partie et c'est un poids que je n'avais pas il y a quelques jours. Et je pense que James aime plus Julia qu'il ne le dit.

En tout cas, je vais jouer sur ça pour gagner.

— On y va alors. On a du taff. Tu sais quand ?

— Ce week-end.

Mark s'arrête à peine debout et pivote vers moi.

— On est jeudi soir, Dean.

— Ça nous laisse largement le temps.

Sy rit avant de terminer sa boisson et quitter la maison, suivi de près par Mark.

Une fois seul, je me demande où a pu partir Jenny en espérant qu'elle compte revenir. Je n'ai pas longtemps à attendre pour avoir ma réponse. Elle m'observe du seuil de la porte d'entrée d'un drôle d'air et je lui demande de venir s'asseoir avec moi sur la terrasse.

Chapitre 6

Jenny

Je l'écoute et viens m'installer en face de lui, sur la défensive. Je ne sais pas s'il a parlé de moi à ses amis et cela serait plutôt une mauvaise chose pour mon plan.

— Faut qu'on parle. Que tu répondes à mes questions. J'ai besoin de savoir si James compte pour toi. Où as-tu vécu ces dernières années, comment tu es sortie et pourquoi venir me voir ?

J'inspire profondément sachant que cette discussion viendrait un jour.

— Je… James ne m'a pas tuée mais emmenée partout avec lui durant les dernières années. Il m'a demandé de ne pas me rebeller, et je n'aurais aucun souci. Il s'est assuré que je mange bien, ne sois pas malade, et à la fin j'ai réussi à avoir des petites sorties contrôlées. Plus le temps a passé, plus il a commencé à me faire confiance. Il y a quelques semaines, quand une femme est arrivée, j'ai vu que son attention n'était plus sur moi. J'ai réussi à m'enfuir et j'ai essayé de te retrouver. Je savais que tu étais dans le coin, car James me narguait souvent avec ça. Il me disait que mon sauveur n'était pas loin, mais qu'il ne savait pas que j'étais en vie.

Je mens à la perfection et je vois que cela touche Dean. Sauf qu'il ne réagit pas comme je l'aurais voulu en relevant le seul détail inutile de mon histoire.

— Tu as vu Julia ? Elle est en vie ?

J'ai du mal à contenir mon agacement face à son manque d'empathie sur le mensonge que je suis en train de lui offrir. Il ne s'inquiète même pas de mon état psychologique, c'en est insultant.

— Parce que tu crois que ça a été facile pour moi ? Tu fais comme si le monde s'écroulait pour elle, mais j'ai vécu pire.

— Tu veux que je fasse quoi ? Que je l'oublie ?

Je ne dis rien même si je rêve de répondre par l'affirmative à cette question.

— On peut sortir de cette situation. On peut y arriver.

J'essaie de le convaincre, mais il ne veut rien entendre.

— Je vais t'aider à retrouver ta vie, mais je ne peux pas abandonner Julia à...

Je le coupe, excédée :

— Es-tu seulement au courant que moi je n'ai plus rien ? Mes parents me pensent morte depuis des années. Je n'ai absolument aucun avenir, aucune étude, aucune chance de pouvoir me réapproprier quelque chose de normal. Tu me parles de retrouver une vie ? Mais comment ? Par où dois-je commencer ? Tu étais mon seul repère. Sans toi, je n'ai plus rien. Je sais que cela peut paraître énorme, mais tu es ma raison de vivre. J'ai réussi à rester en vie grâce à toi. Je me souvenais à quel point tu t'étais battu. J'étais persuadée qu'un jour tu serais à la porte pour me sortir de là. Tu apprendrais que j'étais encore en vie. Quand James me disait que tu étais encore célibataire et que tu te morfondais dans ton coin, j'espérais que c'était simplement parce que tu ressentais au fond de toi que j'étais encore quelque part à t'attendre.

— Il n'aurait pas dû te parler de moi. C'est monstrueux.

Dean est écœuré et cela fonctionne. Il commence à avoir de la peine pour ce que j'ai vécu.

— Oui. À chaque fois qu'il venait, il me parlait de toi. Il me racontait tout ce qu'il se passait dans ta vie. Cela le rendait heureux de voir à quel point tu me manquais. J'ai commencé à arrêter d'écouter au bout d'un moment. J'avais tellement peur d'entendre un mot comme « mariage » ou « bébé ». J'avais bien conscience que tu ne m'imaginais plus vivante. Que tu étais en train de refaire ta vie et même si c'est normal, cela était extrêmement douloureux de me rendre compte que je ne sortirais jamais de ces quatre murs. C'était sûrement la pire punition que pouvait me faire James. J'ai souffert encore bien plus que toi, puisque tu ne savais pas ce que tu étais en train de perdre. Moi, chaque jour, je me voyais m'éloigner de toi. Je ne pouvais rien y faire, c'était comme ça. Tu continuais ta vie et j'en étais spectatrice.

— Je ne savais pas, murmure-t-il. Sinon je n'aurais pas arrêté de te chercher, je te le jure.

Je le sens touché et j'ai envie de m'applaudir face à la réussite de mon plan. Mais je dois être prudente et en remettre une couche. Cette Julia peut refaire balancer son cœur à n'importe quel moment et ce n'est pas bon.

— Comment aurais-tu pu savoir ? C'était justement ça le plan diabolique de James. Me retenir prisonnière durant des années, me monter probablement contre toi et nous briser le cœur à la fin à tous les deux. Parce que je suis sûre que je ne suis pas sortie par hasard. Il a probablement fait exprès de me laisser sortir. Je suis sa dernière carte. Il sait très bien qu'une partie de toi m'aime encore.

— C'est immonde.

Il n'a pas nié. Il m'aime encore ! Mon cœur se gonfle de bonheur et j'ai envie de le prendre dans mes bras, mais c'est trop tôt. Je dois jouer l'idiote.

— De jouer avec nos sentiments ? De m'avoir détenue pendant des années ? Ou encore de me permettre de sortir d'un seul coup ?

— Tout sauf te laisser sortir. C'est bien la première chose de bien qu'il ait fait depuis bien longtemps. Même si c'était dans l'idée de me faire du mal, je suis heureux qu'il l'ait fait. Tu ne méritais absolument pas tout ce qu'il t'est arrivé. Je suis tellement désolé.

— Ne le sois pas. La seule chose qui m'ait fait tenir, comme je te l'ai dit, c'est toi. L'amour que j'ai pour toi a été une bouteille d'oxygène. J'ai lutté pour ne pas perdre pied. Quand j'ouvrais les yeux, c'était ton visage que je voyais. Tu étais là à chaque seconde. Tu ne m'as jamais laissée tomber.

Il s'approche de moi et me prend par les mains.

— Tu n'imagines même pas le nombre de jours où je m'en suis voulu de ne pas avoir fait quelque chose ce soir-là. J'ai essayé de refaire des dizaines de fois le film dans ma tête. Je t'ai vue. Tu venais souvent me rendre visite quand je touchais de l'eau. C'est d'ailleurs pour ça que j'ai arrêté de me baigner. Je ne pouvais plus supporter ton visage qui m'observait trempé comme ce fameux soir où j'ai cru te perdre. Je me sentais tellement coupable. Alors je ne t'ai vue que lors de mes douches. Tu me fixais…

— Qu'est-ce que je te disais ?

Je commence à sentir qu'il est prêt à balancer de mon côté.

— Cela dépendait. Parfois je crois que mon subconscient voulait être gentil avec moi. Dans ces moments-là, tu essayais de me remonter le moral. Te dire que d'où tu étais, tu comptais sur moi pour vivre pour nous deux. C'était aussi douloureux de t'entendre dire ça que les jours où tu étais énervée. Parce que cela arrivait, que mon esprit veuille me faire passer un message. Je te voyais, complètement trempée, à me hurler dessus. Tu disais que j'étais en train de faire n'importe quoi, que je gâchais la vie que tu m'avais offerte en quelque sorte.

Il retire ses mains pour se frotter le visage avant de reprendre :

— Plusieurs fois je t'ai demandé de te taire ou de disparaître, parce que c'était tellement horrible de te voir comme ça sans pouvoir te toucher. Sauf que tu ne m'as jamais obéi. Tu es restée là à m'observer et je passais pour un fou quand je me mettais à te parler.

Je reprends ses mains pour garder un contact qui me paraît nécessaire pour le moment et lui demande, droit dans les yeux :

— Et cela fait longtemps que tu ne m'as pas revue sous la douche ?

— À vrai dire, non, pas très longtemps. Cela date de quelques mois. Mais c'était la première fois que tu réapparaissais depuis des semaines. C'est d'ailleurs pour ça que j'ai cru qu'au début tu n'étais qu'un mirage. J'ai pensé qu'avec la fatigue, mon esprit me jouait des tours et n'avait pas attendu de plonger sous la douche.

Quelques mois, c'est douloureux d'attendre ça, mais ce n'est que la faute de Julia et je ne peux m'empêcher de le sous-entendre.

— C'était elle que tu voyais sous la douche, plus moi.

Ma jalousie transpire trop et il arque un sourcil un instant avant de reprendre un visage impassible.

— Enfin, je suis là maintenant, soufflé-je pour rattraper mon erreur.

— Oui. Mais nous allons devoir faire quelque chose pour nous débarrasser de James, dit-il enfin. J'ai prévu avec des complices de l'arrêter pour de bon.

— Vraiment ? Comment ?

— Allons-nous coucher, élude-t-il.

Il ne me fait pas encore confiance. Cela ne m'étonne pas. À contrecœur, j'acquiesce.

— Demain, mieux vaut être en forme, souffle-t-il. J'ai une journée chargée à l'hôpital et ensuite on devra s'occuper de James. Tu pourras rester ici si tu veux.

Et après aussi, espéré-je dans un coin de ma tête.

Chapitre 7

Dean

Jour J. Celui qui mettra un point final à ce cauchemar. D'une façon ou d'une autre, du sang va couler.

— Dean ?

La voix de Jenny me fait une nouvelle fois frissonner. Je n'arrive pas à m'habituer au fait qu'elle soit ici, avec moi. C'est si étrange comme sensation que j'ai du mal à m'y résoudre.

— Tout va bien ? J'ai eu peur quand je me suis réveillée toute seule !

Est-ce tromper Julia que de renouer avec cette femme que j'ai pensé être celle qui partagerait toute ma vie ? Je n'ai rien fait de plus que de l'observer dormir et pourtant je me sens pitoyable. Cependant, Jenny fait des terreurs nocturnes à cause du traitement et de la séquestration que James lui a fait subir. Je ne me voyais pas la laisser seule et effrayée une seconde fois.

— Ça va, juste un petit coup de mou ce matin, dis-je sans aborder le sujet de Julia qui peine Jenny.

Je comprends bien qu'elle a dû mal à me retrouver et voir à quel point une inconnue a pris de la place dans ma vie. Surtout que je m'inquiète pour elle et n'arrive pas à apprécier son retour comme il se doit, néanmoins, c'est plus compliqué qu'il n'y paraît.

Bien sûr que j'aimerais être heureux et amoureux à ses côtés, mais mon cœur ne réagit pas comme ça. Il est obsédé par l'image de Julia enfermée probablement quelque part.

Le fait de savoir que James n'est peut-être pas un tueur de femmes en fin de compte aide un peu, mais pas suffisamment pour me rassurer. Jenny a eu l'air de vivre l'enfer et j'ai peur que cela arrive dorénavant à Julia.

— On devrait peut-être partir quelques jours, non ?

J'observe Jenny comme si sa proposition n'était pas dans ma langue.

— Je veux dire, reprend-elle, tu travailles tout le temps et je n'ai pas le droit de sortir de ton appartement, car tu as peur. Si on partait, ça nous aiderait à nous retrouver, non ?

J'ouvre la bouche et la referme.

Elle sait pourtant que nous avons un plan pour nous débarrasser de James et qu'après je vais retrouver Julia. Ai-je été trop flou sur notre relation ensuite ?

Ne sachant pas quoi répondre à ça, je me défile encore une fois en trouvant une excuse imparable.

— Tu es portée disparue… déclarée morte depuis des années même. Tu crois que tu vas pouvoir traverser une frontière comme ça ?

Elle écarquille les yeux, n'ayant pas pensé à ce détail avant de reculer et ouvrir le réfrigérateur d'un air désabusé.

— C'est vrai. Je n'avais pas pensé à ça. Donc en gros je vais rester coincée ici toute ma vie ?

— Non. Dès que James sera derrière les barreaux, on ira retrouver tes parents et la police.

— Tu veux surtout retrouver Julia et me lâcher dans ma famille.

Elle est amère et je soupire.

— Je n'ai pas envie de t'abandonner, Jen'. Jamais je n'ai voulu ça. Simplement, tu ne connais pas Julia et tout comme toi elle ne mérite pas de vivre une vie dans les mains de ce malade.

Elle grimace, mais ne rajoute rien.

— Fais ce que tu veux.

Elle me tourne le dos et je vois ses cheveux se soulever dans les airs avant de la voir disparaître dans la chambre. Je croque dans la pomme à côté de moi en pensant à la réflexion de Sy hier soir qui nous a surpris en plein repas, car il avait oublié son téléphone chez moi. J'ai dû lui expliquer qui elle était en lui demandant de n'en parler à Mark que ce midi. Sa réflexion me hante et je n'arrive pas à l'oublier :

— Comment une femme peut-elle avoir de si beaux cheveux après autant d'années d'enfermement ? Elle n'a pas l'air amaigrie ou apeurée. Dernier vêtement à la mode et sa démarche… J'ai vu plusieurs reportages sur des personnes kidnappées et ça ne ressemblait pas à ça.

C'est idiot, mais son scepticisme commence à me gagner et je compose son numéro pour m'assurer que nos instincts sont simplement rouillés.

— Sy, c'est moi. Oui. Tu pourrais chercher un peu ? Oui, à ce sujet. Bien, tout ce que tu peux. J'espère qu'on a tort.

Je suis très avare en détails ne sachant pas si elle peut m'écouter d'où elle est. Julia n'aurait pas eu confiance en elle face à son acharnement à vouloir m'éloigner de L.A. un temps. Connaissant mon interne, elle se serait battue pour sauver n'importe quelle vie, ce qui n'est pas le cas de mon amour de jeunesse et cela m'inquiète.

En raccrochant, je prends le journal dans les mains et soupire. À côté de l'immense article concernant la disparition de Julia, celui plus petit concerne une ambulancière que j'ai bien connue. Que se passe-t-il dans cette ville dernièrement ?

J'ai envie d'appeler la 21 pour m'assurer qu'ils ont la situation bien en main quand mon téléphone me fait sursauter. Je réponds sans regarder le correspondant et me fige quand je reconnais la voix derrière le combiné.

— James.

J'ai tonné son prénom et Jenny saute sur ses pieds pour revenir dans la pièce. Au moins, je sais qu'elle entendait à la perfection ce que je racontais à Sy.

— Tu as quelque chose qui m'appartient, dit-il.

Je mets sur haut-parleur pour qu'elle entende et je réponds :

— Rien n'appartient à personne, James. On peut partager des moments avec quelqu'un, mais on ne le possède pas.

— C'est ce que tu crois, mon cher. C'est d'ailleurs ce qui nous différencie. Je ne suis pas du genre à pleurer dans un coin sans me battre pour ce que j'aime.

— Je me bats, mais sans faire du mal à autrui.

Il ricane quand j'entends une seconde voix. Mon cœur s'emballe et je hurle :

— Julia ? C'est toi ? Tu vas bien ?

— Elle ne peut pas te répondre et bientôt, elle ne sera plus en état de t'entendre.

— Qu'est-ce que tu veux ?

— Rien de particulier. Si tu t'engages à te rendre, je laisse tout le monde partir.

C'est exactement ce que je comptais lui proposer, c'est encore mieux.

Jenny émet un drôle de bruit que je ne parviens pas à identifier et je réfléchis à toute vitesse. Il faut que les autres entendent cette conversation, mais nous n'avons pas d'autres téléphones pour les appeler. Aurai-je le temps de leur envoyer l'adresse en m'y rendant ? Je l'espère.

— Je...

Il faut que je gagne du temps pour réfléchir.

J'imagine qu'un des gars est en train de guetter ma maison pour ma propre surveillance. Je me mets donc à la fenêtre en faisant des grands signes quand je réponds :

— Dis-moi où et comment je peux faire ça ?

— Pour la nostalgie, j'aurais bien voulu qu'on se retrouve sur la côte est, histoire de terminer la boucle où elle a commencé, néanmoins, on a deux poupées plutôt mignonnes et remarquables à trimballer avec nous... Disons sur les quais maritimes ?

— Pour plonger nos trois corps dans l'eau ?

Jenny se raidit quand il répond :

— Voyons, non. Je suis un gentleman, je n'en jetterai que deux. N'oublie pas que j'ai la bague au doigt depuis quelques semaines.

Jenny écarquille les yeux avant de reprendre un masque impassible. Sy a l'air d'avoir raison, elle n'est peut-être pas si innocente que ça. Voir James parler de son mariage n'a pas l'air de lui plaire.

— Je veux juste que Julia s'en sorte, dis-je avant de raccrocher.

— Je n'y vais pas, souffle Jenny.

— Si. On y va tous. L'histoire a commencé par nous trois, je crois qu'il est temps que cela s'arrête.

Elle fronce les sourcils.

— Toi aussi, tu veux m'obliger à faire ce que tu veux ?

— Exactement.

Je n'essaie même pas d'être diplomate et la prends par le bras pour sortir. Si elle n'a rien à se reprocher, je m'excuserai de ce comportement une fois cette histoire terminée. Si ce n'est pas le cas, elle aura droit à un procès en bonne et due forme.

Chapitre 8

Jenny

Quand il ralentit au niveau des quais, je déglutis. Je n'ai aucune arme ni moyen pour me défendre. Je dois le convaincre que les autres sont de mèches, mais c'est beaucoup trop tôt. Je n'ai pas encore réussi à faire assez de rapprochement avec Dean pour qu'il m'écoute face à cette pimbêche de médecin.

— J'ai peur, dis-je.

— Tu n'as rien à craindre. James tient à toi et il veut juste se venger de moi.

— Mais... tu n'as pas d'armes, il pourrait te tuer.

— Si on arrive à gagner du temps, on aura des renforts bientôt, murmuré-je.

Une information qui me manquait. Je la note dans un coin de ma tête tandis qu'il sort de la voiture. Michaël, qui travaille pour nous depuis des années, me fixe un instant avant de se reprendre.

— Téléphone, dit-il en observant Dean.

Le médecin s'exécute et nous montons sur un des toits des entrepôts vides durant ce long week-end. Ils doivent entreposer de la ferraille vu les immenses conteneurs ouverts qu'il y a sur le côté ayant des déchets métalliques qui dépassent de droite à gauche. Une sorte de cimetière de fer un peu angoissant.

— Pourquoi cet endroit ?

— Camoufler un corps ne pourrait pas être plus simple, répond Dean en montant à l'échelle pour atteindre le dernier étage.

Le toit est déjà occupé par James et Julia. J'ai envie de pousser un soupir d'exaspération en la voyant les yeux noyés de larmes.

Elle se retourne vers James pour lui chuchoter quelque chose et je souligne cet étrange manège à Dean pour qu'il s'interroge.

— Elle est peut-être dans la combine. Tu ne t'es jamais demandé pourquoi elle t'avait dragué ? C'est un peu dur comme coïncidence, non ?

Dean se retourne vers moi et je vois dans son regard un léger doute. Ce n'est pas flagrant, mais c'est là.

Je dois m'insinuer dans ses peurs pour réussir mon coup. Les accidents arrivent si vite dans la précipitation.

— Elle a l'air proche de lui et n'est pas effrayée.

Je remarque ça avec beaucoup d'amertume. Qu'est-ce qu'il fait ? Il veut la sauver ou quoi ?

— Bon, qu'on en finisse, lâche Dean agacé.

Il est irrité et c'est le mieux pour moi. Julia croise mon regard et je ne peux m'empêcher de lâcher un sourire victorieux en pensant à ce qui va arriver.

Chapitre 9

Julia

Je frissonne en captant le regard de cette folle. J'ai demandé à James de ne pas jouer à l'idiot et j'espère qu'il va m'écouter. En fin de compte, la seule responsable de cette situation, c'est elle. Elle a manipulé les deux hommes pour se sortir de sa situation. Certes, elle n'a pas eu l'enfance rêvée, mais elle n'aurait jamais dû devenir ce monstre. Pour s'en sortir, il y a d'autres solutions, Dean le prouve et malgré tout, James aussi.

— On reste calme, dis-je tandis que je vois mon époux sortir une arme de dessous sa veste.

Contre toute attente, Dean fait de même et j'écarquille les yeux.

Jenny est aussi étonnée que moi de voir le médecin avec une arme à feu.

— Dean, regarde-moi, baisse ton arme, soufflé-je.

— Parce que tu défends cet homme maintenant ? lâche-t-il.

Jenny lui souffle quelque chose et cela doit enfoncer le propos sans aucun doute. Elle veut le monter contre nous.

— Je sais que cette femme a été la première que tu as aimée et elle est vraiment convaincante quand elle ouvre la bouche.

Je fais un pas en avant pour me mettre entre les deux hommes.

— Lâche ton arme, elle est vide de toute façon, claque Dean en direction de James.

Je fronce les sourcils et même Jenny réagit.

— Qu'est-ce que tu veux dire ?

— L'un de tes sbires en bas a reçu une jolie somme pour changer de camp, James. C'est bête de prendre un homme de main pour ton boulot d'avocat et de magouilleur.

Mon époux vérifie le chargeur et grimace. Néanmoins, il appuie sur la gâchette par réflexe et l'homme de main a dû être négligent, car une balle restée dans l'arme part en direction du médecin qui reçoit dans l'épaule l'impact imprévu. Sa main lâche par réflexe le pistolet pour se poser sur la blessure.

Sans attendre, Jenny le récupère pour me mettre en joue. Dean se redresse et nous observe sans savoir quoi faire.

— Néanmoins, repris-je, je sais aussi que tu m'as rencontrée avant que je fasse la véritable connaissance de James. Tu as croisé mon regard perdu d'étudiante et je suis sûre d'une chose, tu n'as jamais douté de moi. J'ai été parfois bien idiote, c'est vrai. J'ai cru que James était l'homme de ma vie et…

— Tais-toi. Ce n'est pas de toi qu'on parle, claque-t-elle en continuant de jouer son rôle à la perfection.

— Jenny, s'il te plaît, supplie James en regardant le canon de l'arme passer de lui à moi.

— Tu penses que nous tuer te permettra d'être seule avec Dean ?

Est-elle aussi idiote que ça ?

— Jenny, s'il te plaît, pose ce flingue, souffle James.

— Pourquoi ? Pour qu'elle gagne votre cœur à tous les deux ? Je vois bien comment vous la regardez comme si c'était la huitième merveille du monde ! Dean était prêt à me donner à toi pour la sauver.

— Non !

Dean se défend de cette accusation, mais peu importe pour elle. Jenny ne cherche pas la vérité. Elle a seulement besoin de le haïr comme elle le souhaite.

— Tu n'assumes même pas ta conversation au téléphone.

— Je…

— Dean ne te ferait jamais de mal, Jenny, il t'a aimée comme personne, lui assuré-je.

— Qu'est-ce que tu en sais ? Tu ne connais rien de notre amour et tu as perverti les deux hommes qui m'aimaient !

Et si j'avais su, je ne me serais approchée d'aucun des deux vu les dernières semaines. Je recule un peu pour prendre de la distance avec ce pistolet et cela n'a pas l'air de lui plaire. Elle le braque sur moi en m'intimant de ne rien faire que je pourrais regretter.

— Écoute, on peut encore partir tous les deux.

James essaie de raisonner celle qu'il aime, mais je vois bien dans ses yeux que cela ne sert à rien. Jenny veut Dean et rien d'autre. J'avais raison.

— James, tu ne devrais pas…

Je n'ai pas le temps de terminer ma phrase qu'elle appuie sur la gâchette. Mon époux a le réflexe de me pousser pour se prendre la balle à ma place. Mon corps tombe en arrière et je hurle en voyant le sang gicler sur le sol.

— JAMES !

Dean pousse Jenny pour éviter un deuxième coup. Mes yeux sont rivés sur la plaie béante sur le torse de James tandis qu'un bruit sourd retentit une seconde fois. Le corps de Dean tombe comme une poupée de chiffon et mon hurlement paralyse Jenny. Elle a encore l'arme dans les mains et ne sait plus quoi faire. La haine me fait me relever et courir vers elle. Je n'ai aucune idée de ce que je fais quand mon torse entre en contact avec le sien. Nos corps s'entrechoquent et je la fais tomber du toit. Elle m'entraîne dans sa chute et je vois la benne arriver droit vers nous. Par réflexe, je la pousse pour me donner une impulsion qui me redresse. Elle tombe à plat, son cou s'écrasant sur l'armature métallique tandis que je retombe assise sur les différents sacs et déchets jetés ici. Sa tête pend sur un côté quand je me redresse et constate que je vais bien. Morte sans aucun doute, elle n'est plus un problème et je tire sur l'échelle de sécurité à côté du bâtiment pour rejoindre le toit. Mes mains lacérées agrippent les barreaux et mon cœur s'arrête de battre quand je vois Dean et James à terre, blessés. Les deux hommes de ma vie, que j'ai aimés plus fort que tout, ne bougent plus.

— Mon Dieu…

Mes mains tremblent tandis que je prends conscience que je n'ai pas de téléphone et que James a demandé à Dean de lancer le sien.

J'avance vers mon mari pour fouiller ses poches quand il souffle :

— Je n'ai pas de téléphone, je… tracker.

Je fais comme si cela n'était pas si grave et commence à appuyer sur sa plaie en regardant de loin l'état de Dean quand il prend ma main.

— Arrête, Julia. Tu dois le sauver. Il… J'ai gâché assez de vie comme ça à cause d'elle.

Il chuchote autre chose que je ne comprends pas et je colle mon oreille auprès de sa bouche.

— Tu avais raison. J'aimais trop Jenny pour voir qu'elle ne m'aimait pas…

— Comme moi avec toi, murmuré-je une larme s'écoulant sur ma joue.

— Merci Julia de…

Ses yeux se referment sans terminer sa phrase et je ne peux pas me retenir de pleurer en détachant sa main de la mienne pour retrouver Dean.

Il a pris une balle sous les côtes et il perd beaucoup de sang. J'espère que la rate n'est pas touchée et je commence à observer sa plaie quand des hurlements d'ambulances arrivent de nulle part. Je relève la tête et me mets à sauter sur le toit de l'usine, pleine de sang et en larmes.

— Ici ! Ici s'il vous plaît !

Je m'agenouille près de lui quand j'entends le camion s'arrêter non loin.

— S'il te plaît, tiens le coup. Je n'ai pas survécu à un enlèvement pour te perdre dans une fusillade, c'est trop cliché pour ça. Je t'en supplie, Dean, tu peux faire ce que tu veux, mais pas mourir. Tu peux continuer de me narguer dans un ascenseur, m'embrasser fougueusement dans un escalier ou m'ignorer royalement, mais ne meurs pas.

Les sanglots qui perlent ma voix continuent quand deux ambulanciers que je connais de vue me poussent.

— Speedy, tu vas devoir mettre la gomme, souffle Nick.

— Comme toujours.

En un temps record, il soulève Dean sur le brancard et parvient en bas grâce à des cordes qu'ils installent en quelques minutes.

— Une moto t'attend, lâche celui qui se fait appeler Speedy.

Je mets du temps à comprendre qu'il parle de moi. Je réagis et sors de ma léthargie pour descendre et les suivre. Quand je descends l'échelle, je me pétrifie ; il n'y a plus le corps de Jenny. Un hoquet de terreur m'arrête quand une femme habillée de cuir noir s'arrête à ma hauteur, chevauchant une moto rutilante.

— Je suis ton taxi.

— Elle… elle était là et avait l'air…

— Morte ? Ça, je peux te l'assurer. On s'est dit qu'on n'aurait pas besoin d'expliquer comment un corps a pu ressurgir après autant d'absence, si on s'en occupait avant.

— Comment saviez-vous que…

— Tu crois que Dean aurait pris le risque de venir tout seul pour te sortir de là ? Cet homme a soulevé des montagnes pour s'assurer que tout irait bien.

— Il n'a pas réussi.

— J'ai vu pour James, je suis désolée.

— Je parlais de l'état de Dean.

— Il est costaud. Impossible qu'une balle ait pu faire tant de dommage que ça.

Je ne jure rien puisque je vois sans cesse des jeunes gens mourir de façon si injuste. Le *happy end*, je n'y crois plus depuis longtemps. Il suffit d'une trajectoire un peu différente et tout est fini.

— Qui es-tu ?

— Une amie. Une alliée si tu préfères. Dean nous a sauvés sur un coup alors on fait pareil.

— Sauvé qui ?

— La 21 en quelque sorte.

Je fronce les sourcils, cette femme n'est pas une ambulancière, ça, j'en suis certaine.

— Ne pose pas trop de questions pour le moment et monte. Il aura besoin d'une main dans la sienne quand il se réveillera.

Cette femme a l'air persuadé qu'il va s'en sortir.

Épilogue

Deux mois plus tard

J'arrive à l'hôpital et je serre les fleurs dans mes mains. J'aurais aimé afficher un visage non tiré, un sourire ou des belles paroles, mais je n'entre dans le service qu'avec des regrets. Cela me suit depuis des semaines et je n'arrive pas à m'en débarrasser.

Hier, j'ai raccroché ma blouse pour la dernière fois dans cet hôpital. Je devais m'y attendre quand les journalistes ont relaté ce qui c'était passé sur le toit. J'avais juste espoir que cela se finirait bien, que j'obtiens un happy end au lieu d'une ordonnance d'antidépresseurs que je ne me résous pas à prendre.

La porte coupe-feu s'ouvre devant moi et j'inspire profondément, dernier jour.

La première infirmière à qui j'offre une fleur est Sarah, une adorable soignante qui a fait tout ce qu'elle a pu.

La seconde est pour Simon, un aide-soignant au petit soin qui a tellement fait pour moi, nous…

C'est douloureux de penser que c'est terminé. Je choisis une fleur jaune pour l'accueil que j'ai côtoyé durant de longues heures en croisant les doigts pour avoir de bonnes nouvelles.

— Julia, j'ai appris, je suis tellement désolé.

Le câlin d'Harold, déplacé dans ce service spécialement pour être proche de Dean après son opération, me fait pleurer. C'était évident que les émotions seraient trop intenses pour réussir à ne pas craquer.

— Je suis là, si tu as besoin de quoi que ce soit…

— Je… il est peut-être temps que je tourne la page, dis-je la voix serrée.

Je lui offre la fin du bouquet en ne gardant qu'une rose noire pour la mettre sur la porte de sa chambre. Mes mains tremblent tandis que je glisse la tige là où il y avait son nom.

— Dean s'est bien battu.

— Je le sais. J'ai toujours su qu'il se battrait jusqu'au bout, soufflé-je. Entre nous deux, ça a toujours été lui le plus fort.

Tout le monde dans le service s'éloigne pour nous laisser un peu d'intimité.

— Tu es forte aussi, Julia. Tu surmonteras cette épreuve. Tu n'es pas seule.

J'acquiesce et pivote vers mon ami pour lui dire adieu. Le cœur lourd, je ferme les yeux et entends cette voix qui ne me quitte plus.

Heureusement qu'elle réussira. Elle n'est sacrément pas toute seule même ! Je sais que j'ai pas d'allure et qu'on m'ignore, mais je vous assure que je suis toujours le même.

Je souris et à la fois pleure face à la phrase que Dean a dite et redite durant sa convalescence. Jusqu'au dernier jour dans cette chambre, il a porté la joie dans sa rééducation.

— Ça sera toujours là, quelque part en toi.

— Je le sais. Je dois juste accepter que c'est terminé…

*

Quelques mètres, au-dessus du ciel, au-dessus de toi…

Je suis sortie du service et j'entre dans l'ascenseur aussi seule qu'accompagnée. Mon cœur est brisé et recollé à la fois. Perdre l'amour et le trouver en même temps est une sensation difficile.

— Tu crois que je rêve, Dean ? soufflé-je.

Il est appuyé contre la paroi en fixant les portes se refermer sur nous.

— Comme quand tu étais malade et qu'on était en quarantaine, précise-t-il.

Je le dévisage avant de hoqueter :

— Comment tu sais ça ?

Sa tête pivote vers moi et je vois les petites ridules se former à côté de ses yeux, comme à chaque fois qu'il s'est tenu devant moi.

— Je sais tout, rit-il. Mais je ne sais pas si tu rêves que je sois encore en vie ou si c'est le cas. J'aimerais croire que je vais bien, je me sens bien… mais si tu veux savoir si c'est vrai essaie de te réveiller et tu verras bien.

— Non.

Il s'esclaffe face à ma certitude et je décide de ne pas me diriger vers le parking. J'appuie sur le bouton qui mène au toit et je le fixe d'un air de défi.

— Si tu me demandes de sauter pour prouver que je suis vivant ou mort, je pense que ce n'est pas un bon plan, s'amuse-t-il.

— Tu es bête. J'ai juste envie d'être sur ce toit, avec toi.

— Pour terminer ton rêve ?

— Le commencer, souris-je quand les portes s'ouvrent.

Nos mains se lient et nous avançons sous le coucher de soleil. Ma peau s'imprègne des rayons et je me sens plus vivante que jamais.

— Je ne rêve pas, soufflé-je. Je sais que je n'ai quasiment pas dormi depuis deux mois et que mon esprit pourrait t'imaginer bien vivant après autant de temps à avoir peur, mais je le sens. Tu es là.

— Je serai toujours là, Julia, quoiqu'il arrive.

— Ne dis pas ça, on dirait que tu t'apprêtes à disparaître.

Il baisse les yeux avant de reprendre :

— Que dois-je dire alors qui ne fait pas illusion ?

Je hausse les épaules sans savoir quoi répondre. J'ai tellement peur de voir ce que j'ai espéré si fort disparaître que je ne demande plus rien à personne. Je souhaite simplement vivre ma vie avec l'homme que j'aime, qu'il ne lâche jamais ma main.

Dean pivote vers moi et le soleil joue sur sa peau. Il est beau malgré les cernes liés au coma prolongé qu'il a connu.

— Veux-tu, non pas être ma femme, la mère de mes enfants ni toute autre chose inutile dans mon bonheur, mais être juste la femme de ma vie ?

Je lui souris.

Il n'y a rien à répondre à ça. Je ne serais pas ici si ce n'était pas le cas. Nous ne serions pas vivants et heureux, main dans la main, devant une vue à couper le souffle.

— Tu crois qu'on devrait partir ?

— Je crois que L. A. est exactement l'endroit où on doit être.

Malgré tout ce qui nous est arrivé, il a raison. Je me sens chez moi ici, au-dessus de cet hôpital ou même face à cette vue.

— Tu crois qu'on a enfin terminé les galères ?

— Si je ne disparais pas dans quelques minutes, assurément, rit-il. Et toi ?

— Ça dépend. Tu veux qu'on parle de Tara qui ne répond plus à nos appels depuis des semaines et qui vient d'envoyer un colis ?

— Quel colis ? s'étonne Dean.

— Je ne voulais pas gâcher notre *happy end*, mais je crois que nos prochaines vacances seront en direction de la France. Elle a besoin de nous, tu étais dans le coma quand elle a envoyé un SOS un peu spécial.

— Pourquoi ?

Mon médecin préféré paraît tout d'un coup intimidé.

— Un problème de *Fashion week*...

— Tu ne me dis pas tout ?

J'acquiesce d'un petit signe de tête sans vouloir lui dévoiler ce qui nous attend en Europe.

— Ça serait trop simple, non ?

Il est ironique et je souris en posant la tête sur son épaule. Dorénavant, on doit se faire confiance. Il s'est battu pour moi sans que je le sache durant des années et j'ai presque donné ma vie pour lui.

— À la France alors...

La seule chose que j'espère, c'est que l'amour de ma vie ne va pas disparaître quand je rouvrirai les yeux. Mais n'avons-nous pas tous peur de voir l'être le plus important de notre vie s'évaporer sans pouvoir rien faire pour le garder près de nous ?

Vous avez aimé votre lecture ?
Découvrez les autres romans des éditions So Romance
disponibles en format papier et numérique.

Mayfly's Partners
Tome 1 : Nouveau départ
Olivia aime les histoires sans lendemain. Si ces liaisons fugaces lui procurent un sentiment de liberté, son travail de coach sportif, en revanche, ne la fait plus vibrer. Sur un coup de tête, elle quitte donc son emploi à la salle de sport et entreprend de créer une agence d'escortes. Elle entend ainsi monnayer la compagnie d'hommes et de femmes raffinés et, au passage, redonner un peu de piment à sa vie. Aussitôt dit, aussitôt fait ! Olivia en parle autour d'elle et l'information circule. Ses amis ne tardent pas à rejoindre l'aventure…

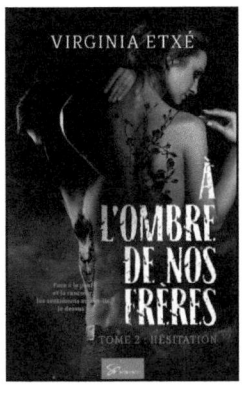

À l'ombre de nos frères
Tome 2 : Hésitation
Le monde Louise s'effondre après sa découverte du lien entre son frère et celui de Jonas. Elle est désormais convaincue que Jonas s'est joué d'elle et l'a séduite dans l'unique but d'en apprendre davantage sur la relation de leurs frères disparus.
Déterminé à ne rien laisser paraître des sentiments qu'il éprouve pour la jeune femme, Jonas, de son côté, joue les tombeurs. Mais les souvenirs des voluptés passées sont tenaces et malgré ses efforts, le Don Juan doit se rendre à l'évidence : il est incapable d'oublier Louise…

Sous ses doigts
Tome 2 : Le trouble de Cécile
Depuis quelques mois, le moral de Cécile est au plus bas : son fiancé l'a quittée pour sa sœur. Lorsque sa boîte propose de la muter à San Francisco, elle accepte donc sans hésitation. Elle démarre une nouvelle vie dans la métropole américaine, trouve une colocation à quelques kilomètres de son bureau et crée des liens avec ses nouveaux collègues. Parmi eux Dennis, son séduisant colocataire mais aussi Josh, le commercial avec qui elle collabore au quotidien. Distant et arrogant, son comportement échappe à Cécile, qui ne compte pas se laisser faire…

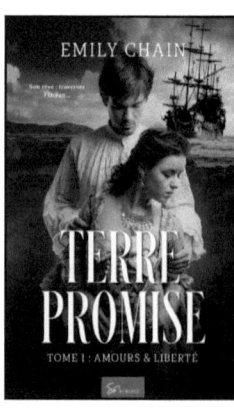

Terre promise
Tome 1 : Amours & Liberté
Née dans la campagne espagnole à l'aube du 18e siècle, Salma n'a pas eu la vie facile. Après avoir vu mourir son père et sa mère, elle est violée par le seul homme qu'elle ait jamais aimé. Son frère, Andrès, la chasse de la ferme où elle a grandi. Déshonorée et trahie, elle n'a plus d'autre choix que de prendre la fuite. Son seul espoir, désormais, est d'atteindre la mer, et d'embarquer à bord d'un navire pour la Terre Promise, ce mystérieux Eldorado qui fait tant parler autour d'elle. Saura-t-elle discerner les bonnes des mauvaises rencontres ?

Pour en savoir plus
www.soromance.com

Éditions So Romance
10/8, rue Jules Cockx
1160, Bruxelles
www.soromance.com

D/2021/14.771/12
eISBN : 9782390452416

Maquette de couverture : Philippe Dieu
Photo : © Divasoft / Shutterstock // Feedough / iStock